MY DILEMMA IS YOU
3

L'auteur

Cristina Chiperi, jeune Moldave de dix-sept ans, est arrivée en Italie à l'âge de deux ans. Elle s'est inspirée de la chanson *Dilemma* de Selena Gomez pour écrire son premier roman, *My Dilemma Is You*.

Dans la même série :

My Dilemma Is You
My Dilemma Is You, tome 2
My Dilemma Is You, tome 3

CRISTINA CHIPERI

MY DILEMMA IS YOU

3

Traduit de l'italien
par Nathalie Nédélec-Courtès

POCKET JEUNESSE
PKJ·

Titre original :
My Dilemma Is You 3
Publié pour la première fois en 2016
par Leggereditore, propriété de Sergio Fanucci
Communications s.r.l.

Contribution : Malina Stachurska

Loi n° 49956 du 16 juillet 1949 sur les publications
destinées à la jeunesse : janvier 2018

ISBN : 978-2-266-27187-5
Dépôt légal : janvier 2018
Suite du premier tirage : janvier 2018

1

— Oh, enfin ! Je pensais que tu étais morte ! s'exclame Trevor, qui me touche l'épaule avec un petit bâton trouvé par terre.

— Trevor ! Arrête de dire n'importe quoi ! crie Cass. Chris, ça va ?

Je me tâte le crâne pour vérifier s'il n'y a rien de grave. La douleur est insupportable.

Je réussis à répondre d'une petite voix :

— Je crois que oui…

— Qu'est-ce qui s'est passé ? demande Trevor, l'air inquiet.

— Je…

Je m'interromps. Je me souviens juste d'avoir couru, et voilà que je suis allongée par terre, mes amis, affolés, penchés sur moi.

Je continue, les idées embrouillées :

— J'ai dû tomber et me cogner la tête contre un truc.

La douleur à l'arrière de mon crâne se fait plus intense et, en regardant ma main, je remarque une tache rouge sur la paume.

— Oh, mon Dieu ! s'exclame Cass.

— C'est du sang, ça, hein ?

— Trevor ! crie Cass.

— Vous pouvez parler moins fort ? je gémis. J'ai mal à la tête.

— Il faut faire quelque chose !

Cass examine nerveusement les alentours, cherchant de l'aide.

— On appelle une ambulance ? suggère Trevor.

— Tu parles ! Ils ne se déplacent pas pour des gamins, crie de nouveau Cass.

— Aidez-moi à me relever, dis-je, et tous deux tendent les bras pour me soutenir.

Je prends une profonde inspiration et rassemble le peu de forces qui me restent pour me remettre sur pied. Soudain, le monde autour de moi se met à tourbillonner, les images deviennent floues…

— Chris ? lâche Cass, qui fait signe à Trevor de me rallonger par terre.

Le ciel au-dessus de moi se teint de noir, les visages de mes amis s'éloignent de plus en plus.

— Cass, va chercher quelqu'un ! crie Trevor avant d'ajouter tout bas : Chris, reste avec moi !

Une décharge d'adrénaline me secoue le corps tandis que la voix de Trevor me vrille les tympans, ses paroles se bousculent dans ma tête.

J'ouvre grand les yeux, et la déception s'empare de moi : ce n'était qu'un de mes souvenirs d'enfance !

Les brins d'herbe me chatouillent la peau tandis que j'essaie de me concentrer sur l'endroit où je me trouve.

Les images de la soirée me reviennent peu à peu à l'esprit : la fête d'anniversaire, la nouvelle concernant Susan, la recherche de Cameron, et enfin la voiture d'Austin qui fonce sur moi...

Non, il n'aurait jamais fait ça !

Puis je me souviens de ce qu'il m'a raconté sur Carly. Ce jour-là, il m'a assurée qu'il ne m'arriverait jamais la même chose... Il y a juste une heure, il m'a dit au revoir et m'a remerciée pour l'année géniale qu'on a passée ensemble...

Alors, pourquoi aurait-il voulu m'écraser ?

Lorsque je bouge, la douleur à la tête m'arrache un gémissement. Je prends une profonde inspiration et reste immobile quelques minutes, puis je réussis à me redresser. La scène que je découvre me laisse pétrifiée. Les larmes me brouillent la vue pendant que je rampe vers Trevor, étendu au sol, immobile. Le déroulement des faits me revient tout à coup : la voiture d'Austin fonçait à toute vitesse sur moi, et Trevor m'a poussée hors de la trajectoire, mettant sa propre vie en danger.

— Trevor ! je hurle.

Je lui caresse le visage, je pose mon oreille contre son torse : je ne parviens pas à entendre les battements de son cœur.

— Non, Trevor ! Je t'en prie, ne meurs pas ! Tu ne peux pas me laisser, toi aussi !

Je m'efforce de reprendre mon calme et de réfléchir à une solution. Je n'en vois aucune : appeler à l'aide ne servirait à rien ; autour de nous, il n'y a personne, juste l'obscurité et le silence.

À quelques mètres de distance, sur l'asphalte, je vois le portable de Trevor réduit en miettes.

Au désespoir, je me penche de nouveau sur mon ami.

— Chris...

Je sursaute : ce murmure est-il simplement le fruit de mon imagination ?

— Trevor !

Sa tête remue un peu.

— Chut, reste tranquille !

Que faire ?

Je ne veux pas le laisser seul, mais il n'y a pas d'autre solution... Il faut que j'aille chercher de l'aide, Trevor doit être secouru.

— Ne bouge pas, Trevor, je reviens tout de suite.

Je me lève et je cours comme je peux vers le gymnase, tandis que les images des innombrables moments que nous avons passés ensemble défilent dans mon esprit. Après avoir perdu Cass, j'ai peur de le perdre lui aussi...

Soudain, je vois Lindsay qui arrive dans ma direction. Je crie à pleins poumons :

— Appelle une ambulance ! Vite ! Trevor a été renversé par une voiture !

Heureusement, Lindsay comprend la gravité de la situation et se précipite à l'intérieur du gymnase.

Je retourne auprès de Trevor.

— Chris...

Il garde les yeux clos.

— Oui, je suis là.

— Austin ne t'a pas fait de mal, n'est-ce pas ?

— Non, je n'ai rien. Et c'est seulement grâce à toi.

Il ouvre lentement les yeux et cherche mon regard.

— Tu n'aurais pas dû..., dis-je en lui effleurant la joue.

— Mais si.

— Je suis tellement désolée, Trevor !

C'est terrible, de le voir dans cet état... Pourquoi Lindsay met-elle aussi longtemps ?

— Arrête ! C'est bien comme ça...

Il s'efforce de sourire et ferme de nouveau les yeux.

— Résiste, les secours arrivent !

J'espère que c'est vrai... Ses blessures semblent plus graves que les miennes.

— Une ambulance sera là dans quelques minutes, annonce Lindsay, qui nous rejoint en courant, à bout de souffle.

Je pousse un soupir de soulagement.

— Qu'est-ce qui s'est passé ? demande-t-elle.

— Austin a essayé de m'écraser, et Trevor m'a protégée...

Je dois faire un effort terrible pour ne pas éclater en sanglots.

— Austin ? Tu es sûre que c'était lui ? Ça ne peut pas...

— J'en suis sûre. C'était sa voiture, et c'est lui qui conduisait.

Je revois le regard assassin d'Austin ; je frissonne.

— Ce n'est pas possible ! souffle Lindsay.

— Lindsay, *c'était lui* ! Moi aussi, je voudrais que ce ne soit pas vrai, mais je sais ce que j'ai vu.

Son amitié, sa gentillesse… tout cela était donc une mise en scène ? Il a essayé de me tuer – comme il a tué Carly ? Dire que personne ne l'a jamais soupçonné…

— Je n'arrive pas à y croire… Comment ai-je fait pour ne pas m'en apercevoir cette nuit-là ? lâche Lindsay, qui secoue la tête, l'air perdue. J'étais là quand Carly s'est fait renverser. J'étais persuadée qu'il s'agissait de Susan…

— Peu importe, Lindsay. Maintenant, la seule chose qui compte est que Trevor s'en sorte.

Trevor se tourne sur le côté et commence à gémir de douleur.

À cet instant, j'entends le hurlement de la sirène.

J'agrippe la main de mon ami.

— Trevor, tiens bon, ils arrivent !

Enfin, l'ambulance s'arrête près de nous.

— Que s'est-il passé exactement ? me demande un médecin tandis que deux brancardiers soulèvent Trevor et l'allongent sur une civière.

— Il m'a poussée pour que je ne sois pas heurtée de plein fouet par une voiture. Je suis tombée, et j'ai perdu connaissance… Je ne peux rien vous dire d'autre. Je suppose que la voiture l'a percuté…

Bouleversée et sous le choc, je me sens complètement inutile.

— Ses blessures ne semblent pas très graves, constate le médecin.

Il lance un coup d'œil à Trevor, que l'on installe dans l'ambulance.

— Et toi, comment te sens-tu ? Tu es de sa famille ?

— Moi, ça va… Non, je suis une amie.

— Bien. Alors, préviens ses parents et dis-leur de le rejoindre à l'hôpital, lance-t-il avant de monter dans le véhicule, qui part aussitôt, toutes sirènes hurlantes.

J'éclate en sanglots.

Lindsay me secoue le bras, et me ramène à la réalité.

— Il faut qu'on retourne à l'intérieur pour leur raconter ce qui s'est passé.

— Chris ! crie Cameron, qui s'approche au pas de course. Tu vas bien ? Pourquoi y avait-il une ambulance… ?

Il regarde d'un air inquiet mon visage baigné de larmes, mes cheveux ébouriffés, ma robe sale et déchirée.

Je le fixe sans répondre, incapable de parler. Il me prend par les épaules :

— Chris ! Que s'est-il passé ?

Je l'enlace et éclate de nouveau en sanglots.

Une fois un peu calmée, je dis en m'élançant vers le gymnase :

— Il faut prévenir les parents de Trevor !

Lindsay et Cam me suivent sans un mot.

2

Je n'ai pas fermé l'œil jusqu'au matin, hantée par l'image de Trevor étendu sur la chaussée.

Ses parents ont dû passer la nuit à l'hôpital. J'aurais voulu y être moi aussi…

Le jour se lève enfin ; je peux aller voir Trevor. J'espère que tous les copains n'auront pas eu la même idée. Je suis trop bouleversée pour affronter leurs regards.

Lorsque je sors de la maison, je vois Cam qui se tient sur le seuil, la main levée vers la sonnette.

Nos yeux se rencontrent, et soudain, je n'entends plus rien, comme si nous étions seuls au monde. Pourquoi je ne peux pas lui résister, bon sang !

Il sourit.

— Salut.

Je prends une profonde inspiration et me force à refermer la porte derrière moi tout en l'ignorant. Puis je le contourne et je traverse le jardin avec l'espoir qu'il ne me suivra pas.

— Moi aussi, ça me fait plaisir de te voir ! lance-t-il dans mon dos.

Je pivote vers lui.

— Qu'est-ce que tu veux ?

— Dis-moi ce qui se passe, Chris ! Tu as l'air si distante… Tu ne daignes pas répondre à mes appels…

Il me rejoint avant de poursuivre :

— C'est à cause de Trevor ? Mon cœur, tu sais très bien que tu n'y es pour rien, dit-il en tendant la main vers ma joue.

Je m'écarte.

— Oui, c'est à cause de Trevor. Et il vaut mieux que toi et tous les autres restiez loin de moi un bon bout de temps.

Cam hausse un sourcil.

— Tu ne penses tout de même pas que Trevor a fini à l'hôpital par notre faute ? fait-il en reculant.

— Cette maudite histoire de Carly, qui semble se répéter… Si j'avais su depuis le début comment ça s'était passé, quelles personnes étaient impliquées et pourquoi, peut-être que…

— Peut-être que quoi ? Tu penses que tu aurais compris que c'était Austin ?

— Non, mais je me serais peut-être tenue à l'écart de lui, ou de vous tous.

— Hé, tu ne peux pas dire que je ne t'avais pas avertie ! Depuis le début, je te répète sans cesse de rester loin de lui, réplique-t-il.

— Seulement parce que tu étais jaloux de notre amitié.

— Même si c'était le cas, n'essaie pas de rejeter la faute sur nous. On était tous convaincus que la coupable était Susan.

Je hausse les épaules.

— Cette conversation ne nous mènera nulle part, tu me fais juste perdre du temps. Je dois y aller.

Je fais volte-face, mais il m'agrippe le poignet.

— Je t'en prie, Chris ! Rappelle-toi ce que je t'ai toujours répété : on a seulement cherché à te protéger.

— D'une personne qui n'était pas coupable.

Je dégage mon bras.

— Chris... tu es devenue importante pour nous tous, on ne veut pas te perdre !

Je croise les bras et lance :

— Ah bon ? Alors, dis-moi ce qui s'est passé ! Qu'est-ce que vous avez fait à Carly ?

Il soupire et me prend la main.

— Jure-moi que, quoi que je dise, tu ne t'enfuiras pas et tu m'écouteras jusqu'au bout.

Je hoche la tête.

— Alors...

Il est interrompu par la sonnerie de mon portable.

C'est Fanny, la mère de Trevor, à qui j'avais demandé de me tenir au courant de son état.

Je réponds, prise de panique :

— Madame Square...

— Chris, je suis désolée de t'appeler aussi tard. Tu étais en train de dormir ? demande-t-elle doucement.

— Non, pas du tout. Quelles sont les nouvelles ?

— Trevor est réveillé, et il a demandé où tu étais ! s'exclame-t-elle, heureuse.

— C'est merveilleux ! Je suis chez moi, mais je peux être là en moins d'un quart d'heure.

— Alors, à tout de suite.

Je mets fin à l'appel.

— Cam… je dois y aller.

Il dépose un petit baiser sur mon front.

— Bien sûr, vas-y. On se voit tout à l'heure à l'hôpital.

Je n'aurais jamais imaginé que je pouvais courir aussi vite. Par chance, j'arrive juste à temps pour attraper le bus une seconde avant qu'il parte.

Je descends devant l'hôpital, j'y entre en coup de vent et me précipite dans l'ascenseur.

Alors qu'il monte au troisième étage avec une lenteur exaspérante, je piétine d'impatience. Quand ses portes s'ouvrent enfin, je découvre un long couloir avec une multitude de portes.

J'arrête un médecin.

— S'il vous plaît, la chambre de Trevor Square ! Il a été amené hier soir et…

Il sourit.

— Au fond du couloir, à gauche. Sa mère est là, elle aussi.

Je m'élance dans la direction qu'il m'indique. En tournant au coin, je vois Fanny, et je me jette dans ses bras.

Ma voix tremble quand je demande :

— Comment va-t-il ?

— Il est hors de danger, heureusement. Le conducteur a dû freiner, et cela a limité les dommages.

— Trevor ne serait pas là si je n'étais pas sortie du gymnase…

— Chris, tu ne dois pas te sentir coupable. Tu sais bien que Trevor ferait n'importe quoi pour ceux qu'il aime. Et cette histoire n'a fait que me confirmer quelle personne merveilleuse est mon fils, lâche Fanny, émue.

On reste quelques secondes sans rien dire, puis elle reprend :

— Il a tellement changé ces dernières années… mais une chose est restée intacte.

— Quoi donc ?

— Son affection pour toi, fait-elle en souriant.

Elle sait…

— C'est lui qui vous l'a dit ?

— Non, mais une mère comprend certaines choses.

C'est l'heure de la visite médicale. Nous nous sommes assises devant la chambre de Trevor en attendant de pouvoir le voir.

Fanny consulte l'écran de son portable, puis elle me lance un coup d'œil étrange et demande :

— Dis-moi sincèrement, Chris, si Trevor a une chance avec toi.

Je la regarde, surprise. Pour moi, Trevor a toujours été comme un grand frère, attentionné et protecteur, des bras où trouver le réconfort et la compréhension. J'ai une profonde tendresse pour lui, mais l'amour est autre chose… Je ne crois pas que je pourrai jamais éprouver un tel sentiment à son égard.

— Sincèrement ? Je ne sais pas, dis-je, mal à l'aise. J'ai toujours pensé à lui comme à un ami.

Fanny, qui a été comme une seconde mère pour moi, peut tout entendre.

— Je comprends. Seulement, parfois, la vie nous surprend. Pour être sincère à mon tour, Chris, je serais heureuse que tu sois sa petite amie. Au moins, je saurais qu'il est entre de bonnes mains !

Sa réflexion me fait rire.

La porte de la chambre de Trevor s'ouvre, et les médecins en sortent.

3

— Alors ? fait anxieusement Fanny.

— Votre fils va s'en sortir rapidement, madame, répond l'un d'eux. Il a eu de la chance, cela aurait pu être très grave si la voiture avait roulé plus vite.

Je pousse un soupir de soulagement. Hier soir, le voyant étendu par terre, j'ai vraiment craint pour sa vie.

— Comme il doit se reposer, nous le garderons quelques jours, conclut le médecin avant de suivre ses confrères.

Lorsque je pousse la porte de la chambre, Trevor ouvre les yeux. Il a le front, le bras et la cheville droite bandés.

— Bonjour, murmure-t-il.

Entendre sa voix faible est comme recevoir un coup de poing dans l'estomac. Je continue à penser que c'est à cause de moi qu'il en est là.

— Co… comment tu vas ? fais-je d'une voix tremblante.

— Nettement mieux, prétend-il.

Il sourit et me fait signe de m'asseoir sur la chaise près du lit.

Je le connais suffisamment pour savoir qu'il essaie de dédramatiser afin de me rassurer. Sauf que, aujourd'hui, ça ne fonctionne pas.

Une fois assise, je me penche sur lui.

— Arrête ! Je vois bien que ça va pas fort.

— Si, ce n'est que quelques bleus.

Je fixe ses bandages.

— Tu n'aurais pas dû prendre un tel risque !

— Si je ne l'avais pas fait… je ne suis pas sûr que tu serais là, à ma place. Le salaud qui conduisait n'aurait pas freiné si je ne m'étais pas interposé.

Il se soulève un peu pour me regarder droit dans les yeux.

— Peut-être, mais tu n'en serais pas là, dis-je sans plus réussir à retenir mes larmes.

— Hé…

Il sourit et tend la main pour prendre la mienne.

— Ne pleure pas.

— J'ai eu tellement peur, Trevor ! Je ne savais pas quoi faire… J'étais sûre que tu allais mourir…, dis-je en m'essuyant les yeux.

— Eh bien, non, je suis toujours là ! Je t'avais promis que je te protégerais de cette histoire, tu te rappelles ? Personne ne te fera de mal, Chris.

— Oui, je me le rappelle. Mais…

— Pas de mais ! Pour la première fois de ma vie, je sens que j'ai fait quelque chose de juste. Je ne le regrette pas, et je le referais, alors n'en parlons plus, dit-il, sans me lâcher des yeux.

Je le serre contre moi et murmure :

— Tu ne peux pas savoir comme je t'aime.

— Moi aussi, je t'aime, Chris.

Je me redresse et le prends par la main.

— Alors, on dirait vraiment que l'histoire de Carly se répète, dit-il, l'air troublé.

— Apparemment, oui.

— Et je suppose que, cette fois non plus, on ne sait pas qui était au volant.

Il n'a donc pas reconnu la jeep ! C'est vrai, Trevor n'habite pas Miami depuis longtemps, et il n'a probablement jamais vu la voiture d'Austin.

— En réalité, si, on le sait.

— Quoi ?

Il s'assoit sur le lit.

— Oui. C'est Austin.

— Austin ? Celui à qui tu plaisais ? souffle-t-il, choqué.

— Lui-même.

— Mais pourquoi ? s'écrie Trevor. Il avait l'air amoureux de toi !

— Je ne sais pas... Peut-être que c'est un psychopathe. Le fait que j'étais amoureuse de Cam, comme Carly, a ravivé son souvenir, et il n'a pas supporté l'idée d'une autre défaite.

— Mais pourquoi s'en prendre à toi, et pas à Cameron ?

— Aucune idée, et franchement, cela ne m'intéresse pas. La seule chose qui m'importe, c'est que tu ailles bien.

— Apparemment, cette histoire de Carly continue à te poursuivre... Il est temps de tirer cette affaire au clair.

— Tu as raison, mais je t'avoue que j'ai un peu peur. Bref, je ne suis plus certaine de vouloir savoir comment se sont passées les choses…

— Mais pourquoi ?

— Parce que Cameron m'a dit que découvrir ce qui s'est passé ce jour-là pourrait m'éloigner d'eux. Et je ne veux pas les perdre.

— Pourquoi penser au pire ? Si ça se trouve, ce n'est rien de grave. De toute façon, tu dois courir le risque et exiger la vérité !

Il a raison, comme toujours.

Nous nous taisons quelques secondes. Puis je l'entends rigoler.

— Qu'est-ce qu'il y a ? fais-je, intriguée.

— J'étais en train de penser à Cass. Comment elle aurait réagi dans une telle situation ?

Il continue de sourire.

— Tu te souviens du jour où j'ai atterri à l'hôpital, parce que je suis tombée de la balançoire ? Cass n'arrêtait pas de pleurer, et me suppliait de ne pas mourir. Elle avait l'air affolée, dis-je en repensant à l'incident.

— Je m'en souviens très bien. Cass me manque tant…

— Je dérange ? demande Fanny, qui entre dans la pièce.

Ça fait une bonne demi-heure que je suis là ; il est temps que je laisse Trevor se reposer. Je me lève.

— Pas du tout ; j'allais partir. Trevor, essaie de dormir un peu ; on se voit demain.

Je dépose un petit baiser sur sa joue et sors de la pièce.

Quand je me retourne après avoir refermé la porte, je vois Sam, Chloé et tous les autres dans le couloir.

Sam vient m'embrasser.

— Chris ! Tu vas bien ?

— Oui.

Puis c'est Chloé qui se jette sur moi.

— On a appris pour Miller. C'est fou ! lâche Taylor.

— Ouais.

— On est désolés pour Trevor ! Comment va-t-il ? demande Nash.

— Mieux. Heureusement, il n'a rien de grave.

— Je n'arrive toujours pas à croire qu'il s'agisse d'Austin…, souffle Sam.

— Ça a été une surprise pour nous tous, lui fait écho Chloé.

— Pas pour tous.

On se retourne vers Cameron, qui arrive en compagnie de Camila.

— Comment ça ? demande Chloé.

— Camila soupçonnait quelque chose, explique-t-il en la regardant.

— Quoi ? Et tu n'as rien fait ? s'écrie Nash.

— C'est une longue histoire…

— Vas-y, on a tout notre temps !

— Je me doutais qu'Austin projetait quelque chose contre toi… C'est pour ça que j'ai essayé de te tenir loin de lui, me dit Camila. Apparemment, mon message n'est pas passé…

— Quoi ? fais-je, troublée.

— Je t'ai toujours dit de rester à distance, mais tu ne m'as pas écoutée.

— On croyait que tu étais amoureuse de lui, et que tu étais juste jalouse, murmure Chloé.

— Non. Je n'ai jamais été amoureuse de lui, mais je l'aime beaucoup… Austin est super fragile ; j'ai essayé de l'aider. En vain… L'arrivée de Chris a dû lui rappeler l'histoire de Carly. Normal : tu lui ressembles un peu, Chris ; toi aussi, tu es amoureuse de Geller, vous êtes entourées des mêmes amis… Austin, qui avait beaucoup souffert à cause de Carly, s'est retrouvé en plein cauchemar. Cela dit, je ne crois pas que ce soit lui qui l'a tuée, comme je ne pense pas qu'il voulait vraiment te faire du mal. Ce qui est sûr, c'est qu'Austin ne va pas bien. Il a besoin d'aide.

— Tu sais où il se cache ? Et s'il voulait réessayer ? dis-je, inquiète.

— Aucune idée. À ta place, je ferais attention. J'espère que la police va vite le retrouver.

Une seconde, j'imagine qu'Austin me fixe avec ses yeux verts, et je frissonne. J'espère ne plus jamais avoir affaire à lui.

4

— Kate, remue-toi !

Tous les matins, c'est la même chose : elle se réveille cinq minutes avant moi pour filer dans la salle de bains, qu'elle occupe pendant plus d'une demi-heure.

Je secoue la poignée.

— Kate !

La porte s'ouvre largement et ma sœur en sort, fin prête : tenue, maquillage, cheveux, tout est parfait. Dix minutes plus tard, je suis prête moi aussi. Il me faudra affronter une autre journée de cours sans mon meilleur ami...

Hier, les copains sont restés avec lui une bonne heure après que Cameron et moi sommes rentrés à la maison.

J'ai su que la police enquête sur ce qui s'est passé le soir de mon anniversaire, il paraît qu'elle est sur les traces d'Austin. J'espère qu'il paiera pour ce qu'il a fait.

Quand je sors de chez moi, Cam m'attend, appuyé contre sa voiture, les cheveux ébouriffés, le sourire irrésistible. Je cours vers lui et me jette dans ses bras. Je voudrais que toutes les matinées commencent ainsi.

— Bonjour, mon cœur, murmure-t-il, et il effleure mes lèvres des siennes.

Peu à peu, le baiser se fait plus intense ; ses mains glissent le long de mon corps jusqu'à toucher délicatement la peau sous mon tee-shirt.

Je n'ai jamais assez de ses baisers. Cameron est comme une drogue pour moi, cela fait trop longtemps qu'on n'a pas passé un peu de temps en tête à tête, sans que quelqu'un nous tourne autour.

— Mon cœur, répète-t-il. On va arriver en retard.

— On y va, fais-je en soupirant.

— Si ça te dit, on peut passer l'après-midi ensemble, propose-t-il. Cela me ferait du bien de « bosser » les maths avec quelqu'un, dit-il en traçant les guillemets de sa main libre.

— Tu es sûr de vouloir « bosser » les maths avec la seule personne qui n'y comprend vraiment rien ? je m'esclaffe.

Cam rit à son tour.

— Oui, ça pourrait être marrant.

— Je t'aime.

Il m'attire contre lui avant de boucler sa ceinture.

— Moi encore plus.

Ces derniers temps, les moments d'intimité n'ont pas été nombreux. Il y avait toujours quelqu'un ou quelque chose qui nous dérangeait. Le plus souvent, c'était l'histoire de Carly…

Je me suis promis de ne plus penser à cette fille, au moins pendant un moment. Aujourd'hui, j'ai l'intention de passer une belle journée ; je ne me la laisserai gâcher par personne.

Je prends mon portable pour écrire un message à Trevor.

« Salut :-) Tout va bien ? »

— À qui tu écris ? veut savoir Cam.

— À Trevor, pour lui demander comment il va.

J'envoie le SMS et glisse le portable dans ma poche.

— Je suis vraiment désolé pour lui. Je commence à le trouver sympa... C'est grâce à lui que tu es encore avec moi. Je me sens un peu coupable, avoue-t-il en se garant sur le parking du lycée.

— Pourquoi ?

— Ça n'a pas d'importance.

Quand le moteur s'arrête, je remarque que la voiture fuchsia de Susan est garée devant nous. Mon estomac se serre tout à coup. Je n'avais plus pensé à elle, et au fait qu'elle est désormais libre de retourner au lycée...

Elle va sûrement se venger de ce qu'on lui a fait ; je suis certaine qu'elle s'en prendra à moi, même si je n'ai rien à y voir.

Cam passe la main devant mon visage pour me ramener à la réalité.

— Chris ? Qu'est-ce qui se passe ?

Je me tourne vers lui.

— Susan est revenue. Je suis morte !

— Calme-toi, elle ne te fera pas de mal. Je l'en empêcherai.

Nous descendons de voiture et entrons dans le lycée. Le couloir est plein d'élèves qui rangent leurs affaires dans leurs casiers.

— Tiens, voilà Sam, dit Cameron.

Sam et Nash viennent dans notre direction en se tenant par la main, heureux et souriants. Depuis qu'ils sont de nouveau ensemble, Sam semble au septième ciel.

— Salut, disent-ils en chœur.

— On a vu Susan il y a dix minutes, elle n'avait pas l'air de bonne humeur…, continue Nash en grimaçant.

— C'est vrai ! Elle marchait en long et en large devant son casier en disant des trucs bizarres. Elle avait l'air possédée, ricane Sam.

Moi, ça ne me fait pas rire du tout. Nous savons tous de quoi est capable Susan ! Je crains le pire.

Ça doit se lire sur mon visage, car Cameron m'attire contre lui.

— Il ne se passera rien. Dans le fond, Susan n'est pas aussi méchante. Je suis sûr qu'elle a compris qu'il s'agit juste d'une erreur, et que personne ne voulait lui faire de mal.

Je lève un sourcil, sidérée.

— Attends ! Susan n'est pas méchante ?

Cam hausse les épaules.

— Quand elle veut, elle sait être sympa.

Derrière Sam, je vois Chloé, qui court vers nous.

— Vous aussi, vous avez vu Susan ? lance-t-elle, hors d'haleine.

— Une scène devant le casier ? demande Nash.

— Non, lâche Chloé, troublée.

Cela me perturbe encore plus.

— Elle m'a arrêtée quand je passais dans le couloir avec Jack. Elle m'a dit que sa vengeance serait terrible. Tout le monde va déguster, mais surtout…

Je la devance :

— Moi.

Chloé acquiesce avant de poursuivre :

— Et vous savez ce qui est le plus absurde ? Matt essayait de la calmer et il lui a promis qu'il l'aiderait, pour le bien de Chris aussi... Susan en a marre de garder notre secret, explique-t-elle.

— Qu'est-ce qu'elle veut, bon sang ? s'écrie Cameron. Elle ne peut pas s'occuper de ses oignons, pour une fois ?

— Je te rappelle qu'elle a une bonne raison pour le faire, commente Nash.

Cam se tait.

— Laquelle ? je demande, troublée.

— C'est des trucs de mecs, tu ne peux pas comprendre, prétend Cameron, les yeux perdus dans le vide.

— Dans tous les cas, faites attention ! Surtout toi, Chris. Elle est super en rogne, et je crois que cette fois, elle est déterminée à nous le faire payer.

La cloche sonne, mettant un terme à notre discussion.

Une fois dans la salle d'anglais, je constate avec soulagement que Susan n'est pas encore arrivée.

Tant mieux.

Le professeur s'installe derrière son bureau.

— Pour commencer..., fait-il, mais il est interrompu par Susan, qui entre sans dire un mot.

— Mademoiselle Rose, vous êtes en retard, remarque le prof.

— Je vous prie de m'excuser, lâche Susan avant de rejoindre sa table.

Bizarrement, elle ne regarde personne au passage.

Le professeur reprend son discours.

— Eh bien, l'année touche à sa fin. Comment vous sentez-vous ?

Comment je me sens ? Je ne saurais l'expliquer… Je suis contente, parce que je vais pouvoir passer en terminale et ensuite obtenir mon diplôme, mais en même temps je suis inquiète, parce que j'ai peur de ne pas être acceptée par une université.

— J'y crois pas, je passe enfin en terminale ! s'exclame Cameron dans mon dos, déclenchant l'hilarité de toute la classe.

Pour lui, ce sera un sacré cap, étant donné qu'il a redoublé deux fois.

— Sachez que, généralement, la dernière année est considérée comme l'une des plus sympas. Bientôt, vous recevrez les premières réponses des universités. Ensuite, il y aura le diplôme.Vous serez nombreux à laisser derrière vous votre famille et vos amis pour aller étudier dans un autre État… C'est pourquoi, à votre place, je profiterais de cette année pour passer le plus de temps possible avec les personnes que vous aimez, conclut le prof.

Chloé, Sam et moi nous sourions, comme si ce discours était adressé en particulier à nous trois.

— Bien… Revenons à nos moutons, dit le professeur avec un grand sourire.

Je donnerais cher pour avoir une machine à voyager dans le temps qui me permettrait de découvrir comment sera cette dernière année de lycée. Serons-nous encore tous ensemble, unis comme à présent ? J'espère de toutes mes forces que oui, comme j'espère ne pas perdre le contact avec mes amis par la suite. Ça nous a pris un moment, mais finalement on est devenus un groupe soudé. Ce serait dommage de tout perdre.

La pause déjeuner arrive enfin. Au self, inévitablement, nous nous retrouvons en train de parler de l'avenir, de ce qui nous attend.

— Dire qu'on va bientôt quitter le lycée…, fait Jack.

— Je n'arrive pas à croire que tu ne seras plus là dans un an, soupire Chloé.

Jack lui prend la main et lui sourit pour la consoler.

Cameron se tourne vers moi.

— Quelque chose me dit que cette année encore, je ne validerai pas certaines matières… Donc, tu m'auras encore dans les pattes l'année prochaine.

— Il a fait exprès de redoubler ! Il savait que tu allais venir ! plaisante Sam, qui me fait un clin d'œil.

— Bien sûr. J'ai le don de prédire l'avenir, rigole Cameron.

— Tout sera différent l'an prochain, soupire Chloé.

Tout le monde se tait, l'air triste.

— Hé, les gars, c'est quoi, cette déprime ? King Taylor sera là ! intervient Taylor.

— Quoi ?

— Oui ! Ça m'étonnerait que j'obtienne mon diplôme cette année… J'ai manqué plein de jours d'école pour… euh… pour différentes raisons, dit-il en enfournant un morceau de pain. On finira par suivre les mêmes cours, continue-t-il.

Les heures s'écoulent rapidement. C'est toujours comme ça : les journées où tout va bien passent en un clin d'œil. Pour mon plus grand bonheur, on n'a pas vu Susan, même pas au déjeuner ; cependant la peur qu'elle déboule d'un moment à l'autre ne m'a pas quittée de toute la journée.

À la fin des cours, je suis Cam à sa voiture, heureuse qu'on puisse enfin profiter d'un après-midi de détente à deux.

C'est ce moment-là que Susan choisit pour se planter devant nous, nous empêchant d'avancer.

— Qu'est-ce que tu veux ? On n'a pas de temps à perdre, soupire Cameron.

Sans lui répondre, elle agite le bras en regardant derrière moi.

— Venez ! Vous ne pouvez pas rater le spectacle !

Je me retourne : tous nos copains sont là, affichant un air grave... Matt s'approche de moi et dit doucement :

— Chris... je suis désolé, il est temps que tu saches...

Mais de quoi parle-t-il ? Et pourquoi est-il du côté de Susan ?

— Ben, moi, je ne suis pas désolée, fait celle-ci. Mais je suis d'accord avec Matt : il est temps que tu saches la vérité.

— Quelle vérité ? dis-je avec inquiétude.

— La vérité à propos de Carly et de l'histoire qui se répète.

Oh non !

5

— Vas-y, Cameron, lance Susan, dis-lui ce que vous lui avez caché pendant tout ce temps, toi et ses « amis ».

— Je ne pense pas que ce soit le bon moment…, fait Cam.

— Si, ça l'est, intervient Matt.

Incroyable ! Ils parlent comme si je n'étais pas là ! Eh bien, ça ne va pas se passer comme ça ; cette histoire doit être tirée au clair une bonne fois pour toutes.

— Quelqu'un peut m'expliquer de quoi il s'agit ? dis-je en haussant la voix.

Silence.

— Alors ? j'insiste.

— Chris…, fait Cameron en m'agrippant le bras.

Je me libère d'une secousse.

— Non, Cam, je veux savoir. C'est mon droit.

— Chris, tu pourrais ne plus jamais vouloir nous revoir, intervient Chloé.

— Ça m'est égal, je prends le risque. Je *dois* savoir ce que vous avez fait de si terrible.

Nash pose la main sur mon épaule et me sourit avec douceur.

— D'accord, mais allons nous asseoir quelque part, l'histoire est très longue.

— Je viens moi aussi, même si je n'ai rien à voir là-dedans, déclare Taylor.

Nous nous dirigeons vers un parc, à quelques centaines de mètres de là. Pas après pas, je me rends compte que j'ai la trouille. Je ne suis plus aussi sûre de vouloir connaître la vérité, mais je sais que je le dois à moi-même… Je ne peux pas faire comme s'il ne s'était rien passé, je dois affronter cette situation.

Cameron, qui marche à côté de moi, me prend la main. Je lève les yeux : dans son regard je peux lire la peur. Celle de me perdre ?

Une fois dans le parc, nous nous asseyons en cercle sur le gazon. Tout le monde est là : Susan, Matt, Cam, Sam, Chloé, Taylor, Lindsay, Nash et Jack.

— Allez, Cameron, vas-y, dit Matt, qui lance un regard mauvais à mon petit ami.

— Je commence par quoi… ? fait celui-ci sans me lâcher la main.

— Par la véritable histoire de Carly. Celle que personne ne connaît, à part toi, Austin et moi, dit Susan.

Cam hoche la tête et prend une profonde inspiration.

— C'était au début de la deuxième année du lycée. Parmi les nouveaux de première année, j'ai reconnu Miller, qui était avec Sam au collège. On est aussitôt devenus potes. J'ai aussi remarqué Carly : je l'ai trouvée très mignonne, mais rien de plus. Au bout de quelques mois, elle était l'une des filles les plus populaires du lycée. On la voyait souvent à la Une du journal. Elle était aussi meneuse des pom-pom girls. Un jour, à la fin d'un match de foot, Miller et moi, on était assis au premier rang, et on la regardait évoluer avec les autres filles. J'ai été frappé par sa beauté et par son assurance. Une fois le spectacle fini, Carly nous a rejoints. Elle nous a souri et a donné à chacun de nous son numéro de téléphone, comme si c'était la chose la plus naturelle au monde. Puis elle s'est éloignée sans rien dire, nous laissant tous les deux bouche bée. J'étais sorti avec plein de filles auparavant, mais aucune ne m'avait jamais abordé de cette manière. Cette fille m'intriguait un max, et je n'étais pas le seul intéressé. Mais entre Austin et moi, il n'y a jamais eu aucun pari. C'est Carly qui a fait courir ce bruit, pour se donner de l'importance et se faire encore plus remarquer.

— Mais tu m'avais dit que…

— Je sais, et j'en suis désolé. Je voulais juste que tu arrêtes de me poser des questions. Je n'aurais jamais fait un tel pari, surtout concernant la fille que j'aimais…

Il se tait un instant avant de reprendre :

— Sans surprise, une rivalité est née entre Austin et moi. Tout est devenu une sorte de défi ; c'était à celui qui allait conquérir le premier la fille de nos rêves. Les cadeaux, les regards, les fleurs, les messages et des tas d'autres choses, tout y passait. J'ai fini par être obsédé par elle. Carly devait être *à moi*, à tout prix. Évidemment, elle était au courant de cette rivalité, et elle s'amusait à nous chauffer à tour de rôle… Elle sortait avec l'un ou l'autre, nous embrassait ; bref, elle jouait avec nos sentiments. Tout le monde l'avait remarqué. Un jour, j'ai décidé de mettre un point final à cette comédie. Alors, j'ai suggéré à Austin qu'on lui propose chacun de sortir ce soir-là, et celui à qui elle dirait non devrait abandonner. C'est à moi qu'elle a dit oui ; nous avons même fait l'amour… Le lendemain, au lycée, je l'ai raconté à Austin, tout fier. Là, il m'a dit un truc qui m'a sidéré. Après l'avoir fait avec moi, Carly est allée chez lui pour s'excuser. Et elle l'a fait avec lui aussi ! J'ai foncé lui demander des explications, et tu sais ce qu'elle m'a répondu ? Eh bien, qu'on était tous les deux des mecs géniaux et qu'elle s'était comportée ainsi pour savoir lequel elle préférait. Je ne savais plus s'il fallait rire ou pleurer devant une excuse aussi débile… Dégoûté, je l'ai laissée tomber, et je me suis rapproché de Susan. Avec elle, je me sentais bien ; on se fréquentait en cachette, parce que j'avais peur de la réaction de son amie. Seulement, je n'arrivais pas à m'ôter Carly de l'esprit. Au bout d'un moment, j'ai craqué, et tout a recommencé. C'était de la folie ; j'aurais fait n'importe quoi pour qu'elle m'appartienne, ne serait-ce que quelques secondes. Je sortais avec deux filles à la fois, j'aurais dû être content. Le temps passait, et mon obsession pour Carly devenait de plus en plus forte. Je ne faisais rien d'autre que penser à elle toute la journée. Cette fille m'avait complètement ensorcelé.

— Quand il était avec moi, il lui arrivait parfois de m'appeler Carly, ricane Susan.

Cam baisse les yeux, un petit sourire sur les lèvres.

— Oui, c'est vrai. Et, bizarrement, tu ne te fâchais pas… Enfin, le jour du bal de fin d'année est arrivé. Le jour où elle devait faire son choix. J'ai menti lorsque je vous ai dit que je n'avais jamais su qui elle avait choisi… En fait, c'était moi. Elle me l'a dit ce soir-là et, tandis qu'elle était avec Austin pour s'expliquer, moi, j'en ai profité pour parler à Susan et rompre avec elle. Malheureusement, Carly a tout entendu… Elle s'est enfuie en me hurlant que je les avais perdues toutes les deux. C'est la dernière fois que je l'ai vue.

Eh ben… Je n'imaginais pas que Carly était quelqu'un de ce genre. Comment pouvait-elle jouer ainsi avec les sentiments de Cam et d'Austin ? Et pourquoi attendre la fin de l'année pour décider ? Pourquoi les torturer ?

— Elle est super tordue, ton histoire ! commente Lindsay. D'après ce que m'avait raconté Lexy, je pensais que Carly était vraiment amoureuse de vous deux, et qu'elle n'arrivait juste pas à se décider. Or on dirait bien qu'elle a joué avec l'un et l'autre !

Je suis de son avis. Mais une question me titille : pourquoi disaient-ils que je lui ressemble tant ?

Pour moi, Austin n'a toujours été qu'un ami ; il n'y a jamais rien eu d'autre entre nous qu'un baiser innocent l'après-midi où il m'a donné un cours de maths.

— Je crois que, dans un certain sens, elle était sincère…, dit Cam, comme s'il voulait justifier le comportement de Carly.

Je n'en crois pas mes oreilles : comment peut-il la défendre après ce qu'elle lui a fait ? Il devait être follement amoureux de cette fille !

— C'est vrai que Carly pouvait paraître égoïste et antipathique, mais en réalité, elle était quelqu'un de bien, insiste Cameron. Elle était fragile et avait plein de problèmes… Si vous l'aviez vraiment connue, comme moi, vous comprendriez, conclut-il.

Tout le monde se tait, l'air troublé et stupéfait. Je décide de me lancer :

— D'accord, mais qu'est-ce que tout ça a à voir avec moi ?

— Excellente question, Chris ! Allez, Cameron, arrives-en au but, l'exhorte Susan, qui lui donne une petite tape sur l'épaule.

— Cam, ne fais pas ça…, chuchote Chloé.

Sam lui lance un regard triste.

— Si, Chris a le droit de le savoir.

Un peu que j'en ai le droit ! J'en ai assez bavé…

— Très bien, fait Cam. Mais je veux que tu te rappelles toujours une chose : je t'aime, Chris. C'est pourquoi, avant de prendre la moindre décision, souviens-toi combien nous avons lutté pour être ensemble. Ne laisse pas ce que je vais te dire tout gâcher. Je t'aime, et je veux être avec toi.

Il serre ma main avec force en me regardant droit dans les yeux. Mon cœur bat très vite. L'angoisse et la peur me gagnent tandis qu'il reprend :

— Je ne croyais pas que te raconter cette histoire me ferait aussi mal. J'étais convaincu que tout se passerait différemment, je te le jure. Bon… Quand tu es arrivée en octobre, j'étais avec Susan. J'étais vraiment amoureux d'elle, mais je continuais à penser à Carly… Je n'arrivais pas à croire qu'elle avait disparu pour toujours de ma vie. Et on ne savait même pas qui l'avait renversée ! Au début, j'avais soupçonné Austin : ses petits yeux d'ange ne m'ont jamais trompé.

Il se tait un instant avant de poursuivre :

— Je me sentais de plus en plus mal : je ne dormais plus, j'étais agité, nerveux, et toujours plus protecteur envers Susan. Jusqu'à ce qu'un soir je reçoive un appel de Chloé par Skype. Ça m'a beaucoup surpris : ça faisait très longtemps qu'on ne s'était pas parlé. Elle m'a dit qu'elle avait réussi à trouver des images intéressantes de l'accident, sur lesquelles on voyait nettement la voiture qui avait renversé Carly : celle de Susan. J'étais anéanti. Sous le choc, je me répétais : c'est impossible, c'est impossible ! Pourtant, je ne pouvais pas exclure que Susan ait, ce soir-là, retourné sa colère contre Carly... Je devais découvrir la vérité ! Évidemment, si je lui avais parlé de mes doutes, Susan n'aurait jamais avoué. La seule idée qui m'est venue à l'esprit, c'était de lui faire revivre une situation semblable à celle qui avait fini par s'installer entre Carly, elle et moi, pour voir jusqu'où elle était capable d'aller. C'était complètement idiot, mais c'était tout ce que j'avais trouvé pour ne pas sombrer dans la folie. Je me suis mis d'accord avec Chloé. Je devais repérer une fille qui ferait enrager Susan, au point de lui faire perdre la tête. J'ai passé la nuit à réfléchir, cependant je ne voyais personne qui ferait l'affaire. Le lendemain, pendant que je marchais dans le couloir du lycée, plongé dans mes pensées, j'ai bousculé quelqu'un. Toi... Dès que j'ai croisé ton regard, j'ai compris que tu serais parfaite. Susan ne t'aimait pas, elle te percevait comme une menace. Tu étais la personne idéale pour réaliser mon plan... Bien sûr, il ne fallait absolument pas que tu te doutes de quoi que ce soit.

Mes yeux se remplissent de larmes. Non, ça ne peut pas être vrai ! Il faut que je me réveille de ce cauchemar. Cameron n'est pas comme ça ; il m'a toujours aimée. Je ne peux pas croire que tout n'ait été qu'une mise en scène…

— Ça suffit ! Je ne veux rien entendre d'autre, réussis-je à articuler.

— Oh non, Chris ! Tu ne voudrais tout de même pas rater la meilleure partie ? fait Susan, un gigantesque sourire plaqué sur le visage.

— Susan, arrête. C'est bon…, intervient Nash.

— Non, les gars, Chris a le droit de tout savoir, déclare Matt.

Cameron me serre la main, le regard fixé sur moi. Il prend une profonde inspiration et continue :

— Mais il y avait un problème, et non des moindres : je ne te plaisais pas, et toi, tu ne m'étais pas sympathique. C'était Matt qui te faisait craquer, je devais donc me débarrasser de lui. J'ai commencé à te draguer pour rendre Susan jalouse et, en effet, j'y suis parvenu. Du coup, elle s'est mise à te détester. Oui, Chris, au début, tu n'étais qu'une fille choisie au hasard pour réaliser mon plan… une fille qui devait tomber amoureuse de moi pour que Susan enrage encore plus. Mais les choses se sont compliquées. J'ai appris à te connaître, et très vite, ma mise en scène avec toi a pris une autre tournure. J'étais en train de tomber amoureux. Malgré tout, j'étais déterminé à exécuter le plan. Profitant de la haine que Susan éprouvait désormais envers toi, Chloé l'a convaincue de pousser Matt dans les bras de Tamara. Notre but, à Chloé et moi, était de t'éloigner de lui afin que tu te rapproches de moi. En voyant ta réaction devant la trahison de Matt, j'ai compris que ce qu'on faisait était monstrueux. Je ne pouvais pas te voir souffrir à cause de moi ! J'aurais aimé en finir avec les mensonges et les manipulations ; le problème c'est que j'avais promis à Chloé que je l'aiderais à découvrir le responsable de la mort de sa sœur. Je ne savais pas comment m'en sortir. Entre-temps, tous les autres avaient été mis au courant de notre plan… Oui, Matt aussi. Cela m'avait dépassé ; je ne voyais pas comment y mettre un terme. J'aurais aimé le faire, Chris, crois-moi, mais la vérité semblait si proche, et tous mes…

Je me lève pour m'écarter de lui.

— N'essaie pas de te justifier. Continue…, dis-je à travers mes larmes.

— Chris…

— J'ai dit « continue », Cameron !

— J'ai demandé à Sam d'aider Lexy en lui fournissant des scoops pour que tout aille encore plus vite. Selon nos plans, les vacances à la montagne devaient être un tournant décisif, et c'est ce qui s'est passé. Quand notre histoire à nous deux a enfin débuté, on s'est dépêchés de prévenir Lexy, et ainsi Susan. Sa réaction a été celle qu'on attendait. Susan était hors d'elle ; elle allait bientôt se démasquer, et cette absurde situation porterait ses fruits. Mais c'est à ce moment que j'ai commencé à avoir très peur pour toi : quand Susan, un jour, t'a dit que tu finirais comme Carly, j'ai compris que je t'exposais à un risque réel. De plus, j'étais à présent éperdument amoureux de toi et je ne pouvais permettre qu'on te fasse du mal. Alors, j'ai décidé de te quitter et de retourner avec Susan pour te protéger d'elle. C'était une des périodes les plus difficiles de ma vie… J'étais obsédé par toi, je ne faisais que penser à tout ce que nous avions fait ensemble. J'avais l'impression de devenir fou. Mais l'histoire ne pouvait pas encore se répéter, je me le disais sans cesse pour avoir la force de rester loin de toi. Quand tu as commencé à fréquenter Miller, les choses n'ont fait que se compliquer. Je n'étais pas simplement jaloux, j'avais aussi peur de te perdre. Je me doutais que je ne devais pas lui faire confiance. Puis, peu après que Chloé est revenue habiter par ici, on a tous commencé à se sentir coupables. Désormais, tu comptais beaucoup pour nous, on a donc décidé de laisser tomber le plan. Ça devenait trop dangereux pour toi, et on voulait s'extirper de ce pétrin dans lequel on s'était fourrés. Notre seul objectif, alors, était de te défendre, conclut-il.

Je reste sans voix.

— Tu as oublié une partie fondamentale, Geller, intervient Susan. Ce n'est pas du jeu !

Elle se lève et va s'installer près de lui.

Je la regarde, ébahie : qu'est-ce qui pourrait me blesser autant que ces paroles ?

— Tu dois savoir, chère Chris, reprend-elle, que quand je te disais que je me payais du bon temps avec Cameron, je ne plaisantais pas. Nous n'avons jamais arrêté de nous voir en cachette. Quand il n'était pas avec toi, il était avec moi, explique Susan.

— Cela faisait toujours partie du plan, explique Cameron. Ça s'est terminé seulement la veille du départ en voyage scolaire. Je ne pouvais pas permettre qu'elle te fasse du mal, et je voulais la pousser aux aveux.

Il fait un pas vers moi :

— Chris, je t'aime. Plus que tout au monde. Je t'en prie, pardonne-moi.

Je détourne les yeux. Je ne sais que dire ni que faire ; mes larmes continuent de couler sans que je les essuie.

— Chris…

Cameron me prend la main.

Je la lui arrache et, prolongeant le mouvement, lui colle une gifle.

Je le fixe droit dans les yeux et lance :

— Tu me dégoûtes. Reste loin de moi et ne m'adresse plus jamais la parole !

Puis je me tourne vers ceux que je considérais comme mes meilleurs amis.

— Pareil pour vous !

— Chris, essaie de comprendre…, lâche Chloé.

— Allez tous vous faire foutre ! Je ne veux plus jamais vous voir !

Secouée de sanglots, je m'enfuis en courant.

6

Je ne sais pas où je vais ; ça n'a pas d'importance. Je veux juste mettre le plus de distance possible entre moi et cette bande de traîtres.

Tout ce que j'ai vécu ici n'était que le résultat d'une manipulation, une mise en scène cruelle pour découvrir si Susan était une psychopathe. Ils m'ont utilisée sans scrupule.

Comment ça se serait passé si je n'avais pas été choisie par Cameron comme celle qui devait succéder à Carly ? Est-ce que je serais tout de même tombée amoureuse de lui ? Ou serais-je restée avec Matt ?

Je savais que découvrir la vérité me ferait du mal, mais je n'imaginais pas que ce serait aussi douloureux. Ils avaient raison de craindre ma réaction… Je ne veux plus jamais les voir. Ils ne méritent pas mon pardon. Sans Trevor, j'aurais vraiment terminé comme Carly, et je ne serais plus là maintenant, à pleurer comme une idiote pour des gens qui n'ont jamais tenu à moi.

Une fois devant chez moi, j'entends mon portable sonner. Je vois avec dégoût qu'il s'agit de Cameron.

S'il pense que je vais répondre…

— De toute façon, je suis là, dit-il derrière moi.

Il m'a suivie !

— Qu'est-ce que tu veux ? je crie.

— Je suis désolé.

— Sérieux ? Tu es désolé ? Tu m'as utilisée pendant tout ce temps, tu t'es moqué de moi, et tu es *désolé* ? Fous le camp !

— Chris, je t'aime ! Et je sais que tu m'aimes, toi aussi. J'ai fait une erreur que je ne me pardonnerai jamais… Mais je te jure, Chris, sur tout ce que tu veux, tu es la personne la plus importante pour moi. Je ne veux pas te perdre. Je suis prêt à tout pour me faire pardonner, dit-il en me fixant d'un regard suppliant. Tu me rends meilleur, Chris : ma vie serait vide sans toi.

— Va te faire foutre, Cameron, dis-je, en larmes, avant de me précipiter chez moi.

Je claque la porte.

— Non ! Je t'en prie, pardonne-moi ! crie Cam en tambourinant dessus. Chris, je t'en prie !

Je m'appuie contre le battant, me laisse glisser à terre et me mets à sangloter.

— Chris, ouvre cette putain de porte ! insiste-t-il.

Je me bouche les oreilles et j'attends qu'il arrête.

Je respire profondément, essayant de me calmer ; en vain. Je n'aurais jamais imaginé recevoir un coup aussi bas de la personne que j'aime. Jamais je ne pourrai l'oublier.

Quelqu'un qui me caresse doucement la main me sort de mes pensées.

Je lève les yeux.

— Kate !

Je me jette à son cou et me serre contre elle.

— Qu'est-ce qui s'est passé ? demande-t-elle, inquiète.

— Pas maintenant, s'il te plaît. J'ai besoin de rester un peu seule, dis-je en faisant un pas en arrière.

Elle m'essuie les joues.

— Bien sûr.

Une fois dans ma chambre, j'arrache le panneau avec les photos et je le jette violemment par terre. Le verre se casse ; je saute dessus et le piétine avec rage.

En me calmant, je réalise ce que je viens de faire : des photos déchirées, des éclats de verre et de bois sont éparpillés partout.

Soudain, les voix de Kate et Cameron me parviennent du couloir.

— Laisse-moi entrer ! crie Cameron.

— Ce n'est pas le moment, répond Kate.

— Je suis son petit ami. J'ai le devoir de rester près d'elle !

C'en est trop pour moi ! Je jaillis hors de la pièce.

— Mon petit ami ? Quand tu l'as été ? Pendant que tu mettais ton plan malhonnête à exécution ? Pendant que tu fréquentais Susan en même temps que moi ? Non, Cameron, nous n'avons jamais été un couple. Jamais ! Maintenant, tu dégages !

Je cours vers la porte d'entrée et l'ouvre en grand.

Cameron franchit le seuil en silence. Je comprends que je l'ai blessé. Tant mieux !

— Ne t'avise plus jamais de t'approcher de moi !

— Très bien, comme tu veux. Mais sache que toutes les fois où je t'ai dit que je t'aimais, j'étais sincère. Là-dessus, je ne t'ai jamais menti, dit-il, et il claque la porte.

7

Pourquoi ne peut-on pas remonter le temps ? Pourquoi n'est-il pas possible de réinitialiser sa tête et son cœur, de supprimer les souvenirs ? La vie serait plus simple si quelqu'un trouvait un moyen de le faire.

Je pensais que la dernière semaine de cours avant les vacances de printemps se passerait mieux, mais je me trompais.

Nuit après nuit, j'ai essayé d'imaginer comment aurait été ma vie si Cameron et les autres ne s'y étaient pas mêlés. Cela ne m'a pas du tout aidée à avancer…

Tout comme il ne sert à rien de repenser aux moments où notre histoire, à Cam et moi, semblait se passer à merveille. L'amour rend aveugle, dit-on… J'étais tellement amoureuse que je ne me rendais pas compte du mal qu'il me faisait. Ce que j'ai pu être stupide !

Sans Cameron, mes journées sont vides et privées de sens. Chaque fois que je sors de chez moi, je m'attends à trouver sa voiture garée devant la grille. Chaque fois que j'arrive au lycée et que je regarde autour de moi, j'ai l'impression de voir son sourire, son regard…

Je ne peux pas continuer ainsi... Je ne lui permettrai pas de me gâcher la vie !

Je dois être forte et me concentrer sur mes études, sur n'importe quoi qui m'empêche de penser à Cameron et aux autres traîtres.

C'est le dernier jour avant les vacances de printemps. J'espère que cette semaine de pause m'aidera à oublier Cam. Loin des yeux, loin du cœur, paraît-il... Pourvu que ce vieil adage marche aussi pour moi.

Je m'essuie les yeux et prends une profonde inspiration.

La journée n'est pas encore commencée, et j'ai déjà hâte qu'elle finisse. Quelque chose me dit pourtant qu'elle sera interminable...

En sortant de ma chambre, je tombe sur Luke, mon cousin qui vit en Caroline du Sud et qui est venu nous rendre visite. Il a l'air préoccupé.

— Tout va bien, Chris ?

Nous sommes très proches. Je suis contente qu'il soit là en ce moment : j'ai besoin de son soutien.

Je m'efforce de sourire.

— Oui, oui, ça roule !

Il n'est pas dupe. Il me serre dans ses bras et me réconforte :

— Tu verras, ça va s'arranger peu à peu. Tu t'es juste retrouvée devant la mauvaise personne au mauvais moment. Bientôt, tu rencontreras la personne qu'il te faut au moment parfait, chuchote-t-il à mon oreille.

Le problème est que, moi, je ne veux que Cameron dans ma vie...

— Chris…, dit ma mère, qui nous rejoint. Tu es sûre ?

Elle n'arrête pas de me poser cette question, et ma réponse est toujours la même : oui, j'ai décidé de passer la semaine prochaine en Caroline du Sud, loin d'ici.

Il m'a fallu un peu de temps pour convaincre mes parents, mais ils ont fini par accepter.

— Certaine, j'ai besoin de changer d'air. Ces derniers temps ont été difficiles…

Ma mère ne sait pas exactement ce qui s'est passé entre Cameron et moi. Je lui ai juste dit que nous avons rompu après avoir compris que nous n'étions pas faits l'un pour l'autre. Je ne me sentais pas capable de lui en dire plus. Mes parents et les Geller sont très amis, et être sincère avec eux n'aurait rien apporté de bon.

— Très bien, alors quand tu rentreras du lycée, je t'aiderai à préparer ta valise, me dit-elle.

Luke sourit.

— Tiens bon, Chris ! Tu y es presque ! Un dernier effort !

— J'ai hâte d'aller à l'université, comme toi ! dis-je en sortant de la maison.

Dehors, j'ai la surprise de voir Trevor qui m'attend sur sa moto, un casque pour moi à la main. Je crie de joie en courant à sa rencontre. Il me serre dans ses bras, et je me sens tout de suite mieux.

— Tu es sûr de vouloir y aller à moto ? je demande.

C'est la première fois que Trevor remonte sur son engin depuis l'accident, il y a deux semaines.

Il sourit.

— Oui, je suis en pleine forme. Il est temps de reprendre les bonnes vieilles habitudes… Allez, mets le casque.

Après les révélations de Cameron, Trevor est entré dans une colère noire. J'ai eu peur qu'il ne veuille lui régler son compte à coups de poing, mais j'ai réussi à le convaincre de laisser tomber.

Je m'agrippe à lui tandis que nous slalomons entre les voitures.

— Prête ? me demande-t-il, une fois devant le lycée.

Je hoche la tête et respire un bon coup avant de me diriger vers le bâtiment.

Dans le couloir règne une atmosphère particulière, euphorique, de celles qui précèdent les vacances. Tout le monde a l'air détendu, les élèves rigolent, écoutent de la musique à fond. Partout, on voit les affiches du bal de fin d'année.

Je me fraie un passage vers mon casier, suivie de Trevor. J'aimerais revenir au premier jour, quand Nash m'a fait visiter l'établissement. Si j'avais su comment allaient se dérouler les choses…

Soudain, je me fige : Cameron ! Il me fixe de ses magnifiques yeux bruns, puis détourne le regard et me dépasse.

Mon cœur se brise en mille morceaux. Je m'efforce de contrôler ma respiration et je ravale mes larmes.

Trevor me secoue le bras.

— Hé !

— Tout va bien.

— Chris, je sais que ça fait mal, mais avec le temps tu finiras par l'oublier.

— Et si je n'y arrivais pas, Trevor ? Je l'aime tellement ! C'est la première fois que…

— Et ce ne sera pas la dernière fois, me coupe mon ami. Laisse faire le temps, et un jour, Cameron ne sera plus qu'un lointain souvenir, déclare-t-il avec conviction.

J'espère qu'il a raison… Il agite les bras.

— Hé, Matt !

Je pivote : Matt s'avance vers nous, son sac au dos. Nous n'avons pas pu discuter depuis les révélations de Cameron, et il ne sait pas que je ne lui en veux pas du tout pour son rôle dans cette histoire. Dans un certain sens, il en est lui aussi victime. D'ailleurs, s'il n'avait pas été là, je n'aurais peut-être jamais appris la vérité…

— Salut, vous deux, lance-t-il. Ce soir, Ashley organise une fête chez elle. Vous y serez ?

Trevor se tourne vers moi.

— Chris ?…

— Désolée, je passe. Je dois préparer ma valise ; je pars pour la Caroline du Sud demain.

— Dommage ! dit Matt. Ça t'aurait changé les idées. Allez, à plus tard.

Sur ce, il se dirige vers son casier.

En réalité, je ne suis pas du tout désolée de ne pouvoir y aller. Je suis certaine que je ne me serais pas spécialement amusée…

— Tu vas chez Luke ? demande Trevor, étonné.

Zut, j'avais oublié de lui en parler.

— Oui.

— Et tu comptais me le dire quand ?

Je m'arrête au milieu du couloir, gênée.

— Excuse-moi, Trevor ! Il s'est passé tellement de choses ces derniers jours. Ça m'était sorti de l'esprit.

— On dirait que tu t'enfuis, Chris. C'est à cause d'eux ?

— J'ai juste besoin d'être loin de cette ville un moment. Voilà tout.

— Mmm… C'est comme si tu disais : « J'ai peur d'affronter ces crétins, donc, je leur donne raison. » Tu ne fais que repousser l'échéance ! À ton retour, tu vas retrouver la même situation.

Je repense aux dizaines de SMS et d'appels de Sam, Chloé et Nash que j'ai ignorés. Ils ont capté le message, et au lycée, ils ne se sont jamais approchés pour me parler.

— Ça n'a plus aucune importance. J'ai pris ma décision, et rien ni personne ne me fera changer d'idée.

Je me retourne et j'entre dans la salle.

Je vais m'asseoir à ma place et sors mes livres. Quand je lève les yeux, je vois Sam qui se tient près du bureau, l'air triste. Cameron lui cogne l'épaule en passant, puis vient s'asseoir à sa place habituelle derrière moi.

Son comportement envers Sam ne me plaît pas… J'espère qu'il n'a pas recommencé à la maltraiter. Je secoue la tête pour chasser cette pensée : cela ne doit pas me préoccuper, ce ne sont plus mes affaires.

Le cours commence.

— Eh bien, dit le prof en s'installant derrière le bureau, la fin de l'année scolaire approche à grands pas. Au retour des vacances de printemps, il ne vous restera plus qu'un mois de cours. J'aimerais que chacun de vous vienne près de moi et raconte à ses camarades quel a été pour lui le meilleur moment de cette année, aussi bien d'un point de vue scolaire que personnel.

Très bonne question... Qu'est-ce que j'ai appris cette année ? Pas mal de choses, certaines moches, et d'autres belles. J'ai appris qu'il ne faut pas faire totalement confiance aux gens, parce que quand tu t'y attends le moins, ils peuvent te poignarder dans le dos, mais j'ai aussi appris à pardonner et à accorder une deuxième chance, parce que tout le monde peut se tromper. J'ai appris qu'aimer n'a rien de simple, mais j'ai aussi appris à être plus forte et à faire face aux difficultés sans me laisser gagner par la panique...

Le meilleur moment ? Sans aucun doute celui où Cameron m'a avoué qu'il partageait mes sentiments. Franchement, j'étais la fille la plus heureuse au monde. Comment aurais-je pu me douter que tout n'était que du vent, une mise en scène cruelle...

Après avoir désigné deux élèves et écouté leur réponse, le professeur se tourne vers Cameron.

— Geller, c'est à toi ! Dis-nous si, pour un vétéran comme toi, cette année a été différente des autres.

Cameron se lève à contrecœur et le rejoint en traînant les pieds.

Je n'arrive même pas à le regarder, tant je lui en veux pour ce qu'il m'a fait.

— Monsieur, est-ce vraiment nécessaire ? essaie-t-il de protester.

Le professeur ne cède pas. Cameron prend une profonde inspiration.

— Eh bien, je pensais que cette année ne serait pas différente des autres... C'est-à-dire, je m'en fichais pas mal. Je me disais : si je ressens soudain l'envie de bosser, super. Sinon, je change de lycée. Seulement, cette fois-ci, il s'est passé quelque chose d'inattendu, qui m'a donné envie d'avancer.

Je lève les yeux et vois qu'il me fixe. Je m'agite sur ma chaise, terriblement mal à l'aise.

— C'était vraiment comme une lumière qu'on voit enfin au fond du tunnel… J'ai compris cette expression grâce à une personne… comment dire ? unique qui a mis mon existence sens dessus dessous. Je m'attendais à tout, sauf à ça. Cette personne m'a aidé à découvrir plein de choses… Grâce à elle, j'ai fait la paix avec moi-même et avec ma sœur, j'ai trouvé une raison d'étudier, et je suis redevenu le mec que les gens croyaient disparu pour toujours. J'ai compris que la confiance est quelque chose de super précieux parce que, une fois retirée, il est difficile de la reconquérir. J'ai appris ce que signifie avoir peur de perdre quelqu'un.

Les regards de tous les élèves rivés sur moi, je baisse la tête, les yeux pleins de larmes.

— Malheureusement, je n'ai pas été complètement sincère avec elle. C'est pour ça qu'elle m'a tourné le dos.

La cloche sonne ; je me rue vers la porte et cours aux toilettes, aveuglée par les larmes.

Appuyée au lavabo, je respire profondément pour me calmer.

— Chris.

Je sursaute : Cameron m'a suivie jusque-là !

Je serre les dents pour ne pas me remettre à pleurer.

Il me caresse le visage.

— Je suis désolé…, murmure-t-il.

— Ça m'est égal. Laisse-moi ! fais-je en détournant la tête.

— Si ça t'était égal, tu ne serais pas là à pleurer, je pense vraiment tout ce que j'ai dit. Chris, je t'aime.

Je me mets à hurler :

— Oui, c'est ça ! Comme tu m'aimais pour m'entraîner dans ta machination ! Va te faire foutre, Geller !

8

Je suis trop bien ici ! J'aimerais passer le reste de ma vie avec Luke et Tante Rory.

Tout serait plus simple, sans problèmes, sans mensonges…

Je ne demande pas beaucoup : je veux juste être heureuse. Plus j'y réfléchis, plus je suis persuadée que pour y arriver il faut que je fasse sortir Cameron, Sam et tous les autres de ma vie. Ils ne méritent ni mon amitié ni mon pardon. J'ai peur de rester toujours marquée par le mal qu'ils m'ont fait.

Aujourd'hui, j'ai consulté le site de l'université de Californie, et ma décision est prise : à la fin du lycée, je retournerai chez moi, à Los Angeles.

Comme je voudrais pouvoir sauter cette dernière année scolaire pour commencer tout de suite une nouvelle vie en Californie !

Quelqu'un frappe à la porte.

— Entre, Luke.

Il s'assoit sur le lit près de moi et demande :

— Comment ça va, aujourd'hui ?

Il y a quelques jours, je suis sortie sur le balcon de ma chambre pour regarder les étoiles. En repensant à ce qui s'était passé à Miami, j'ai éclaté en sanglots, et Luke est arrivé dans ma chambre juste à ce moment-là. Je me suis confiée à lui, ce qui m'a fait beaucoup de bien. Depuis, chaque matin, il me demande comment ça va.

— Mieux ! Enfin… je n'ai pas envie de retourner à Miami.

— Tes prétendus amis ont dû comprendre que tu n'as pas l'intention de renouer avec eux. Ils respecteront ton choix, tu verras.

Oui, mais Cameron ? Avec lui, cela va être compliqué.

— Reste un peu plus longtemps, Chris ! On pourrait changer ton billet, suggère Luke.

— J'aurais adoré, mais ça ne sert à rien de repousser l'échéance. Et puis, je dois avouer que ma famille me manque.

— Dommage, tous mes copains t'aiment bien.

— C'est réciproque. Tu as de la chance d'avoir des amis aussi sympas.

— Chris ! Il est l'heure de partir ! crie Tante Rory.

Il est tôt : les rues sont encore vides. Nous arrivons à l'aéroport bien à l'avance.

— Contente de retourner à Miami ? demande ma tante, une fois l'enregistrement terminé.

— Pas vraiment. Si c'était possible, je changerais pour Los Angeles…

— Chris, je suis sûre que Miami n'est pas si mal non plus… Tu vis là-bas depuis un an à peine, tu ne t'es pas tout à fait acclimatée. Encore quelques mois et tu verras que ça ira beaucoup mieux.

Je m'efforce de sourire.

— Oui, peut-être…

— Dans quelle université veux-tu aller après le lycée ?

— À celle de Los Angeles. Je ne me vois pas ailleurs.

— Ah ! C'est comme moi ! s'exclame Luke.

Je le regarde, surprise.

— Tu vas quitter Charleston ?

Je croyais qu'il adorait cette ville.

— Oui, mon rêve, c'est d'étudier à UCLA.

— C'est vrai ? Génial ! On fréquentera la même fac ; on pourra se voir tous les jours !

La conversation est interrompue par la sonnerie de mon portable. Convaincue que c'est ma mère, je réponds :

— Salut, je suis déjà à l'aéroport. Mon avion décolle dans une heure.

J'attends que maman dise quelque chose, mais seul le silence me répond. Bizarre…

— Chris ?

Mon cœur fait un bond : c'est Cameron ! Pourquoi m'appelle-t-il, bon sang ?

— Ne raccroche pas, Chris, attends !

Et je colle le téléphone contre mon oreille. Ça fait si longtemps que je n'ai pas entendu sa voix…

— En réalité, je voulais appeler Nash…, dit-il d'une voix très bizarre. J'ai dû faire ton numéro par erreur, mais je suis heureux de t'entendre. Tu me manques, Chris et…

Je coupe la communication.

— Tout va bien ? demande Luke, qui remarque mon trouble.

— Oui, oui. Je dois juste… je dois aller aux toilettes.

Je voudrais tant rappeler Cameron, lui dire que lui aussi me manque.

Non, pas question ! Pour éviter la tentation, j'écris un message à ma mère pour lui dire que tout va bien, puis j'éteins mon portable et retourne m'asseoir à côté de Luke.

Bientôt, une voix suave annonce l'embarquement pour mon vol ; je me lève.

— Merci pour tout, Tante Rory. C'était génial !

Elle me serre dans ses bras.

— C'est toujours un plaisir de t'avoir avec nous, ma chérie.

Puis je plaque un baiser sonore sur la joue de Luke et j'agite le doigt sous son nez.

— Tu as intérêt à venir me rendre visite !

Un dernier signe d'adieu, et je les laisse.

9

Heureusement, j'ai réussi à dormir tout au long du vol vers Miami.

Une fois mes bagages récupérés, je sors de l'aéroport et regarde autour de moi : personne. J'allume mon portable pour appeler ma mère.

— Maman, je suis devant l'aéroport. Vous êtes là ?

— Non, Chris, nous avons eu un empêchement. C'est Trevor qui doit aller te chercher.

En fond sonore, on entend le rire de Kate.

— Ah… Et vous êtes où ?

— Nous sommes invités à déjeuner par les Geller.

Ma gorge se noue.

— Trevor va arriver d'un moment à l'autre, dit maman. Laisse tes bagages à la maison, et rejoignez-nous tous les deux, nous vous attendons pour manger.

Je meurs de faim, mais l'idée d'aller déjeuner chez les Geller me donne la nausée. J'espère que Sam et Cameron ne seront pas là.

J'essaie de protester.

— Je dois vraiment y aller ? Je suis un peu fa…

— Ma chérie, me coupe maman, laisse de côté tes problèmes avec Cam ! Mme Geller a organisé un repas pour fêter ton retour. On a tous hâte de te serrer dans nos bras !

— Alors, à tout à l'heure..., je soupire.

— Chris !

Je lève les yeux et je vois le superbe sourire de Trevor. Je cours vers lui. Il me fait la bise et met mes bagages dans le coffre de sa voiture.

— Ta mère t'a déjà annoncé la bonne nouvelle ? demande-t-il.

— La bonne nouvelle ?

— Une fois qu'on aura déposé les bagages, on va chez les Geller.

— Ça, je le sais... Tu m'expliques ce qui se passe ?

— Eh bien, on dirait que nos parents ne peuvent plus se passer les uns des autres. Entre les virées shopping pour les femmes et les soirées télé pour les hommes, ils passent de plus en plus de temps ensemble.

— Une chance que tu sois là ! dis-je en montant dans la voiture. Pas envie d'être seule avec Cameron et Sam.

Il s'installe à son tour et boucle sa ceinture.

— J'ai une super idée, Chris, annonce-t-il. Après le repas, on va à la plage, toi et moi. Ça te dit ?

— Génial !

Quand on arrive devant chez moi, des souvenirs me frappent de plein fouet. Un en particulier : Cam qui cogne sur la porte le jour où j'ai appris la vérité ; moi de l'autre côté, désespérée, en larmes.

— Tu comptes entrer ou tu restes là ? lance Trevor.

Je reviens sur terre et ouvre la portière.

Trevor dépose mes bagages dans le hall et ressort pour m'attendre dehors.

En entrant dans ma chambre, je remarque quelque chose qui brille sur mon lit. J'étouffe un sanglot quand je reconnais la chaîne que Cameron m'avait offerte pour mon anniversaire. Je l'ai enlevée avant d'aller à Charleston parce que je voulais tout oublier... Seulement, pour oublier Cameron, je devrais aller au bout du monde, et peut-être que, même ainsi, je n'y arriverais pas.

Ça fait trop mal... Vite, sortir d'ici ! Oui, mais ce sera pour aller chez les Geller... Comment ma mère a pu accepter leur invitation ? Elle sait pourtant que rien ne va plus entre Cameron et moi !

— Enfin ! s'exclame Trevor quand je monte en voiture. Je croyais que tu n'allais jamais revenir.

— Désolée, j'ai dû me changer, dis-je en bouclant ma ceinture.

Lorsque nous nous garons devant chez les Geller, je fais de mon mieux pour cacher la panique qui m'envahit.

— Prête ? demande Trevor.

Je hoche la tête.

— Tiens bon, Chris ! Dès que le déjeuner est terminé, on file à la plage, n'oublie pas.

« Pourvu que ce ne soit pas Cameron qui ouvre », me dis-je en avançant.

Ouf ! La porte s'ouvre sur les visages rassurants de Mme Geller et de ma mère.

— Ma chérie ! Cette semaine sans toi m'a paru si longue..., dit maman en me serrant dans ses bras.

— Vous aussi, vous m'avez beaucoup manqué.

Je salue Mme Geller, embrasse Kate, qui accourt à ma rencontre, et regarde autour de moi : aucune trace de Cameron et Sam.

— De toute façon, les Geller sont au courant de tout, me chuchote Trevor pendant que nous nous installons sur le canapé en attendant le repas.

— De *tout* ?

— Pas vraiment… Ils savent que tu t'es disputée avec Cameron et Sam pour quelque chose de grave et que vous n'avez pas l'intention de renouer.

J'entends quelqu'un descendre l'escalier. Je ferme les yeux : je ne suis pas prête à voir Cameron. Les pas s'éloignent, et je pousse un soupir de soulagement.

Trevor me prend la main.

— Du calme, tout va bien se passer.

— À table ! appelle ma mère.

Cameron et Sam ne sont toujours pas là. Avec un peu de chance…

Tout le monde s'installe à sa place. C'est alors que Mme Geller lance :

— Les enfants, dépêchez-vous ! On n'attend plus que vous !

Oh nooon !

Ça me fait tout bizarre de ne pas serrer Sam dans mes bras… Je lui en veux tellement ! Je la considérais comme ma meilleure amie, je m'attendais à ce qu'elle, au moins, soit sincère avec moi. Apprendre qu'elle a conspiré avec les autres en me laissant dans l'ignorance totale m'a fait trop mal.

Pendant le repas, il y a des moments de silence embarrassants. Le seul bruit qu'on entend alors est le cliquetis des couverts.

De temps à autre, Trevor me dévisage et m'adresse un sourire pour me remonter le moral.

Mme Square se racle la gorge et essaie d'alimenter la conversation :

— Chris, il paraît que tu es allée en Caroline avec Luke. Comment ça s'est passé ?

Je lève les yeux de mon assiette et je lui souris.

— Euh… très bien, merci.

— Tant mieux ! commente M. Geller. Ce dernier mois de cours ne va pas être facile. Je suppose que tu as déjà envoyé ton dossier pour l'université ?

— Oui, oui, je l'ai fait avant de partir.

— Et où aimerais-tu étudier ? enchaîne Mme Geller.

— À UCLA. Après le lycée, j'ai l'intention de retourner en Californie.

Un bruit soudain me fait sursauter. Tout le monde se tourne vers Cameron, qui se penche pour ramasser sa fourchette.

— Ah bon ? Tu ne veux pas rester en Floride ? insiste Mme Geller.

— Non, pas vraiment…

J'esquisse un sourire et je me remets à manger pour éviter d'autres questions.

— Et toi, Cameron ? demande ma mère.

— J'ai envoyé des dossiers dans plusieurs universités, un peu au hasard. Je déciderai après où je vais, dit-il, l'air indifférent.

— Ce serait fabuleux si vous vous retrouviez tous les quatre dans la même université ! lance la mère de Trevor avec enthousiasme.

Nous baissons les yeux tous les quatre.

— Comme nous, poursuit Fanny, qui ne peut pas savoir qu'elle a dit la bêtise du siècle. Que de bons souvenirs !

Je jette un regard à Cameron qui par chance ne s'en aperçoit pas. Malgré tout le mal qu'il m'a fait, il me manque terriblement.

Comme ensorcelée, je regarde ses lèvres qui se posent sur le bord de son verre en repensant à nos baisers…

Mme Geller se lève, m'arrachant à mes pensées.

— Je vais chercher le dessert.

— Ah non, ma chérie, laisse Chris y aller, intervient ma mère. Tu en as déjà tant fait !

Je sais bien à quoi elle joue… Ça ne me plaît pas du tout qu'elle se mêle de ma vie.

— Cam, va aider Chris, suggère Mme Geller, comme je l'avais prévu.

— Il vaut mieux que Sam y aille, fait celui-ci avec un sourire super faux.

Je saute sur mes pieds.

— Je peux aussi me débrouiller seule.

— Non, Chris, il faut que je t'aide à trouver les petites assiettes et les fourchettes, déclare Sam.

Je me rends.

Une fois dans la cuisine, Sam pose le gâteau sur la table, et je commence à le découper sans rien dire.

— Tu t'es bien amusée en Caroline ? se lance-t-elle.

Après ce qu'ils m'ont fait, elle ose demander si je me suis amusée ? Pour toute réponse, je lui jette un regard noir.

— Je suis désolée, Chris, sincèrement, lâche-t-elle.

Je continue de l'ignorer. Je me suis promis d'aller de l'avant sans elle et le reste de la bande, et je n'ai pas l'intention de faire marche arrière.

— Je sais que c'est un moment difficile, reprend-elle, mais ne crois pas que pour nous ce soit plus simple. Surtout pour Cameron… Il ne va pas bien du tout. D'ailleurs, depuis, on n'a pas vu les autres.

Elle se tait quelques secondes.

— Chris, s'il y a quelque chose qu'on puisse faire pour que tu nous pardonnes, dis-le-nous, je t'en prie.

Je pose la dernière tranche de gâteau sur une petite assiette et regarde Sam droit dans les yeux.

— La seule chose à faire est de rester loin de moi. Pour toujours.

— Ça, jamais ! On ne veut pas te perdre, on fera tout pour que tu nous pardonnes.

Je ne lui réponds pas. Je ne sais pas si je réussirai un jour à passer l'éponge ; pour le moment, je n'ai qu'un seul objectif : prendre mes distances pour retrouver un peu de sérénité.

10

Depuis que je suis revenue à Miami, il y a deux jours, je pense avec nostalgie à la semaine insouciante passée avec Luke. Je suis sortie avec Trevor les deux soirs et, même si sa compagnie me fait du bien, mes amis me manquent toujours. Ou plutôt ceux que je prenais pour tels…

— Alors, prête pour reprendre les cours ? demande ma mère pendant le petit déjeuner.

— Jamais eu aussi hâte, ironise Kate, qui s'installe près de moi.

Elle non plus n'a pas très envie de remettre les pieds au lycée. D'après ce qu'elle m'a raconté, elle aussi a eu quelques problèmes ces derniers temps.

— Allez, les filles ! Je veux des battantes ! Il ne reste plus qu'un mois avant les vacances d'été, dit ma mère.

Mon portable vibre : c'est un message de Trevor. « Je suis devant chez toi. Si tu te dépêches, on réussira à ne pas être en retard ! ;-) »

Je ne m'attendais pas à ce qu'il passe me prendre. Je repense aux moments où Cameron klaxonnait pour m'avertir qu'il était là. J'aimais commencer les journées avec son sourire. Je me demande si ça faisait aussi partie de son plan odieux, si même ses sourires étaient feints…

Je secoue la tête : pourquoi je n'arrive pas à le chasser de mon esprit ?

Trevor a l'air très en forme.

— Alors, prête ? lance-t-il.

— Pas trop, fais-je, mais je me console en me disant que dans un mois cette maudite année sera terminée.

— Bienvenue en enfer ! ricane Trevor tandis que nous franchissons l'entrée du lycée.

— Arrête, je vais vomir, dis-je en me dirigeant vers mon casier.

— Détends-toi, je suis sûr que tout va s'arranger petit à petit, m'assure Trevor.

C'est ça…

Je me dis qu'au moins Susan va me laisser tranquille : Cameron et moi ne sommes plus ensemble, je ne fréquente aucun de ses copains et je vais l'éviter autant que possible. Je resterai avec Trevor et j'essayerai de me faire de nouveaux amis.

— Tu as appris la nouvelle ? me demande Trevor.

— Quelle nouvelle ?

— Le week-end prochain, on part faire du camping ! répond-il, tout excité.

— Je n'ai pas l'intention de venir. Le camping, ce n'est pas mon truc.

— Allez, ça va être marrant !

— Souviens-toi du désastre que c'était la seule fois où j'en ai fait, dis-je en rangeant mes livres dans le casier.

Trevor rit de bon cœur.

— Il n'y a pas de quoi en faire une histoire… Tu n'avais que douze ans, et tu as juste mis le feu à ta tente !

C'était la première fois que Cass, Trevor et moi allions camper. Il m'avait fallu quatre heures pour monter la tente. Par fierté, j'avais refusé l'aide de Trevor, qui avait monté la sienne en quelques minutes…

En pleine nuit, je me suis levée pour aller faire pipi dans les bois. Comme il faisait complètement noir, j'ai pris une branche enflammée dans le feu de camp pour m'éclairer. Seulement, au bout de quelques pas, j'ai trébuché et je me suis étalée par terre en lâchant ma torche improvisée, qui a atterri sur ma tente… laquelle a immédiatement pris feu.

Je referme mon casier.

— On pourrait éviter d'en parler ?

Trevor se bidonne en se souvenant de ma maladresse.

— Je ne viendrai pas ! dis-je, vexée.

— Je ne crois pas que Mme Geller et ta mère seront d'accord.

— Parce que les Geller viennent aussi ?

— Ben oui…

Je soupire, agacée, et je me dirige vers la salle. Trevor m'agrippe le poignet.

— Attends, Chris. Tout se passera bien, tu n'as qu'à les ignorer.

Je libère mon bras.

— Tu ne comprends pas que pour moi c'est une torture, de résister à la tentation de prendre Cameron dans mes bras et de lui dire combien il me manque ?

— Ce n'est pas en te terrant chez toi que tu vas tourner la page. Au contraire, tu n'arriveras qu'à lui prouver que tu es toujours obsédée par lui !

Il me caresse la joue.

Il a raison : je devrais faire croire à Cam que je me fiche de lui.

— Viens, insiste-t-il, on va faire bande à part. On s'amusera comme des fous ! Ça nous rappellera nos jeux de gamins. Sauf que, cette fois, il vaut mieux que tu restes loin du feu.

J'éclate de rire et je l'enlace.

— Tu es le meilleur ami qu'on puisse imaginer !

— Hé, les gars ! s'exclame quelqu'un dans mon dos.

Quand je me retourne, je vois Matt, qui me fait signe.

Je lui fais la bise et nous nous dirigeons tous les trois vers la salle d'anglais.

Sam, Chloé et Nash arrivent peu après nous et s'immobilisent à ma vue.

Je me fige : Cam apparaît sur le seuil. Il va s'asseoir à sa place le regard rivé au sol.

Le professeur entre à son tour. Une fois assis, il lâche avec un rictus sadique :

— Ravi de vous revoir tous. Préparez-vous à souffrir…

11

— C'est un grand malade ! Quelle idée de faire une éval surprise alors qu'on revient d'une semaine de vacances ? s'indigne Trevor tandis qu'on sort, écœurés, du cours de maths. Son cours devrait être facultatif !

— Tu rigoles ? Personne ne le suivrait !

— Vous avez quoi, maintenant ? demande Matt.

— Moi, photographie, fait Trevor.

— Géo, dis-je avec un large sourire.

Youpi ! C'est le seul cours où je ne verrai pas mes ex-amis.

Je pique un sprint jusqu'à ma salle. Aïe… La porte est déjà fermée… je dois être en retard. Je frappe et j'entre sur la pointe des pieds.

— Tiens, Evans ! Dès le premier jour, dit la prof en notant quelque chose sur une feuille.

Je slalome pour rejoindre ma place : soudain, je me fige : c'est pas vrai ! Mais qu'est-ce qu'il fait là ? Depuis quand Cameron suit les cours de géo ?

En plus, il est installé juste à côté de la seule table libre, au fond de la salle.

Il n'y a pas de doute, il a décidé de me gâcher la vie !

Je me tiens au milieu de la pièce, indécise.

— Evans, il y a un problème ? demande la prof.

Cameron m'observe tranquillement, comme pour me provoquer. Alors là, il rêve ! Cette fois, il n'obtiendra pas ce qu'il veut.

« Tout va bien, tout va bien », me dis-je avant de me diriger vers ma table.

Je vais tout simplement l'ignorer. Pour cela, il suffit que je repense au mal qu'il m'a fait…

Facile à dire !

Je le regarde, juste quelques instants, et le souvenir du moment où il m'a dit la vérité me frappe de plein fouet. Jamais je ne pourrai oublier ça !

Le cours me semble interminable.

La prof parle de pays lointains… Qu'est-ce que j'aimerais y être en ce moment pour ne pas supporter la présence de Cam… Je serre les dents : encore une petite année, et je m'en irai pour toujours. Je retournerai à Los Angeles et recommencerai ma vie à zéro.

La cloche sonne. Ouf ! Je ramasse mes affaires éparpillées sur la table.

— Chris…

Un long frisson me parcourt le dos.

Non ! Je ne peux pas lui parler. Je ne *dois* pas lui parler.

— Attends…

Il m'agrippe le poignet.

Mes jambes tremblent. Je suis toujours aussi faible face à lui. Il est temps que cela s'arrête !

— Tu veux bien m'expliquer ce que tu fais là, et comment tu as réussi à changer de cours en fin d'année ?

— Ben, la géo me sera plus utile à l'université que l'art… Et comme ma mère connaît des personnes bien placées…

Il fait un pas vers moi ; je recule.

— Je suis désolé, OK ? Je ne…

— Ça ne m'intéresse pas, point à la ligne, je le coupe.

— Dis-moi juste comment tu vas, Chris.

Je me retiens de lui hurler toute ma haine, et j'ironise :

— Maintenant que tu m'as pourri le seul cours où je pouvais avoir la paix, je vais super bien !

— Chris, je t'en prie…

Je lève la main.

— Stop ! Et tu t'approches plus de moi, OK ?

Je sors de la classe, le cœur battant la chamade, les yeux pleins de larmes.

Mon portable vibre ; c'est un message de Trevor : « Je t'attends devant mon casier. »

Je le vois de loin qui parle avec une fille aux cheveux châtains.

Je m'approche d'eux.

— Chris, c'est Becca, dit Trevor. Elle suit le cours d'informatique avec moi.

Cette Becca a l'air sympa. Nous échangeons un geste de la main.

— Tu sais, Chris, poursuit Trevor, Becca aussi a eu des problèmes avec Susan. Elle l'a persécutée pendant toute une année…

— Aïe… Je sais ce que c'est…

— Là, ça va, fait Becca, mais j'ai eu un mal fou à me débarrasser d'elle. J'en avais marre de ses menaces et de ses coups fourrés. C'est une vraie s…

Elle suspend sa phrase.

— Hé, intervient Trevor, on change de sujet ! La journée a été assez pénible comme ça… Venez, on s'en va !

— C'est pas trop tôt ! je soupire.

Nous nous dirigeons vers la sortie en riant.

Soudain, j'entends une voix criarde qui m'appelle.

Susan.

Elle s'approche avec un sourire qui ne promet rien de bon.

— Tiens, tu es là ! lance-t-elle. J'étais sûre que tu allais rester en Caroline. Mais je ne suis pas mécontente que tu sois revenue. Il faut dire que tu as du caractère… Ça ne doit pas être facile, de remettre les pieds ici après ce que ton petit ami et tes meilleurs potes t'ont fait.

— Laisse-la tranquille, Susan, tu veux ? fait Trevor en me passant le bras autour des épaules.

— Trevor, c'est pas tes oignons, OK ? Evans et moi, on a quelques comptes à régler… En attendant, je vous souhaite la bienvenue à toutes les deux, ricane-t-elle. À la prochaine, les gars.

Sur ce, elle s'en va en me cognant l'épaule, à l'évidence délibérément.

— Certaines choses ne changent jamais…, dis-je.

Becca secoue la tête.

— C'est sûr.

12

— Non, je ne viendrai pas ! dis-je à ma mère tandis qu'elle me passe le plat de riz.

Je n'ai aucune envie d'aller camper avec eux tous, mes parents doivent l'accepter.

— Chris, tu m'expliques quel est le problème ? demande maman en croisant les bras.

— Je ne peux pas venir, j'ai trop de travail. C'est le dernier mois de cours, je dois bosser !

— Oui, mais encore ?

Comment ça, mais encore ? Mes parents savent très bien que rien ne va plus entre Cameron et moi ! Pourquoi organisent-ils des week-ends avec sa famille ?

— Je ne veux rien avoir à faire avec les Geller.

— Tu sais que tu ne pourras pas éviter Cameron éternellement ! s'écrie-t-elle. Et puis, il n'y aura pas qu'eux, la famille de Trevor vient aussi. Ce sera amusant, prétend-elle avec un clin d'œil.

Quel enthousiasme pour un truc qui sera super chiant… Comment veut-elle que j'arrive à me tenir loin de Cameron et Sam, qui seront juste à côté ?

Je me lève sans avoir touché à mon assiette.

— Je n'ai pas faim, je vais ranger ma chambre.

Je trouve Kate étendue sur mon lit. Elle regarde le mur au-dessus de la cheminée, épuré des photos de mes « amis ».

— Qu'est-ce que tu fais là, toi ? dis-je en m'efforçant de sourire.

— Où sont passées les photos ?

— Je les ai jetées.

— Mais pourquoi ?

Kate ignore ce qui s'est passé, et je n'ai pas l'intention de le lui dire pour ne pas l'inquiéter.

— J'en avais un peu marre.

Je hausse les épaules et m'assois à mon bureau.

— Ah... d'accord. Je te laisse bosser, je vais dans ma chambre, dit-elle avant de m'embrasser et de sortir de la pièce.

Je sors le livre de maths. Je crains que mon éval surprise ne soit un vrai désastre... Je vais devoir travailler comme une folle pour rattraper le coup.

J'essaie de me concentrer ; en vain... Mes pensées retournent sans cesse à Cameron.

Je me demande si ce qu'il m'a dit est vrai, ou s'il s'agit juste d'une excuse pour fréquenter le cours de géo et avoir ainsi plus d'occasions de me voir... Si ces manœuvres d'approche m'énervent, je dois admettre que, d'un autre côté, elles me font aussi plaisir, même si cela rend les choses plus difficiles.

Je n'arrive pas à travailler ; je décide de sortir faire une balade pour mettre de l'ordre dans mes idées.

Mon regard s'attarde sur la fenêtre et, sans le vouloir, je repense à toutes les fois où Cameron est entré par là.

Je me surprends à sourire béatement... Attention, danger !

Je saute sur mes pieds et vérifie l'heure : il n'est pas très tard, j'ai le temps de faire un tour du pâté de maisons. Je glisse les écouteurs dans mes oreilles et sors de chez moi.

À peine suis-je sur le trottoir que je vois Cameron, qui revient de son habituelle promenade du soir avec son chien.

Je respire à fond et continue mon chemin tout en baissant le volume de la musique, au cas où il se déciderait à me parler...

Mais qu'est-ce que je fais ? Je dois l'oublier, changer de trottoir pour ne pas le rencontrer, et non pas baisser la musique dans l'espoir d'entendre sa voix !

Je détourne le regard et accélère.

— Attention, j'ai vu Susan dans les parages..., dit-il quand je passe près de lui.

Je m'arrête.

— Qu'est-ce que tu veux que ça me fasse ?

Il plonge son regard dans le mien, et un magnifique sourire apparaît sur son visage. C'était juste une ruse pour que je lui adresse la parole.

— Je ne pensais pas que tu aimais écouter le silence, dit-il, hilare, en indiquant mes écouteurs.

« Quelle idiote ! »

Je fais mine de partir, mais il saute de côté pour me barrer le passage.

— Ne t'en va pas ! me demande-t-il.

Je hausse les épaules et fais un pas pour m'en aller, mais il m'en empêche encore.

Mon cœur s'emballe ; je dois m'éloigner de lui aussi vite que possible.

— Laisse-moi passer, Cameron !

— Tu vas m'éviter encore longtemps ?

— Tu t'attendais à quoi ? Que je me jette dans tes bras en te suppliant qu'on se remette ensemble ?

Comment lui faire comprendre que je ne plaisante pas quand je lui dis de rester loin de moi ?

— Non, mais j'espérais au moins un « salut », ou même un message furax, genre : « Espèce d'idiot, je suis revenue. Je te déteste toujours », n'importe quoi...

— Fiche-moi la paix !

Je serre les mâchoires.

— Je ne peux pas, Chris ! Je t'aime encore, mon cœur. Je suis super mal...

— Tu crois que je me sens mieux, moi ? Je n'arrive pas à t'oublier !

Il tend la main pour prendre la mienne ; je m'écarte brusquement.

— Si tu m'aimes toi aussi, continue-t-il, pourquoi on n'essaierait pas de recommencer, et d'être heureux comme avant ?

Je croise les bras.

— « Avant », c'est-à-dire quand vous me mentiez tous ?

— Je n'ai jamais menti au sujet de mes sentiments pour toi ! Je t'ai tout de suite aimée ! Chris, je t'en prie, tu dois me croire. Pardonne-moi.

Je suis troublée, comme chaque fois que Cam se trouve près de moi. Une partie de moi voudrait le croire et lui pardonner ; une autre me souffle de ne pas lui faire confiance, de le fuir.

— C'est complètement débile ! s'emporte-t-il. Recommençons à zéro !

Mon cœur, affolé, me suggère de dire oui, de cesser de souffrir, de me rendre à l'évidence…

Seulement ma tête continue de me répéter de ne pas tomber dans le panneau, de prendre mon temps… Et, cette fois, c'est elle que je vais écouter.

— Je… ne peux pas, je murmure.

Cameron ferme les yeux quelques secondes.

— Dis-moi juste si un jour j'aurai une autre chance, finit-il par lâcher.

La vérité, c'est que je n'en ai pas la moindre idée. Heureusement, son téléphone se met à sonner.

Agacé, il décroche :

— Oui, Nash ?

J'en profite pour m'en aller, laissant sa question sans réponse.

13

Enfin le vendredi !

La première semaine après les vacances de printemps se termine. Par chance, depuis ce lundi soir où Cam et moi avons parlé, je n'ai plus eu l'occasion de me retrouver seule avec lui.

Il n'a pas insisté pour que je réponde à sa question. Tant mieux, je n'aurais pas su quoi lui dire.

Qui peut deviner ce qui arrivera dans l'avenir ? Peut-être que je finirai par lui pardonner, peut-être que je continuerai ma vie sans lui... Pour le moment, je n'en sais rien.

J'enfile les premiers vêtements qui me tombent sous la main, puis je vais prendre mon petit déjeuner. Dès que je sors de ma chambre, je sens de délicieux effluves de pancakes, ce qui veut dire que papa est à la maison. Comment ça se fait ?

Je le trouve dans la cuisine en train de préparer la dernière crêpe.

— Bonjour, ma chérie, dit-il sans se retourner.

— Normal ! Mon papa est là, et il a fait des pancakes ! Tu ne travailles pas aujourd'hui ?

Il continue de s'affairer autour de la plaque de cuisson sans me répondre. Puis il prend une feuille sur la table et l'examine attentivement.

— Papa ?

— Quoi ?

— Je t'ai demandé quelque chose !

— Ah, pardon… Non, j'avais des trucs importants à faire ici. Tu sais, des vieux contrats à vérifier, ce genre de corvée. Du coup, j'ai pris ma journée.

Le regard fixé sur sa feuille, il sort de la cuisine.

— Je suis en retaaard ! crie Kate, qui se précipite vers la porte d'entrée.

Mais quelle heure est-il ?

Je regarde mon portable : huit heures moins le quart. Malheur ! Il faut que j'y aille si je veux arriver à temps au lycée.

J'attrape mon sac à dos et me précipite dehors. Trop tard, je vois le bus disparaître à l'angle de la rue.

Malédiction ! Je n'ai plus qu'à marcher, ou plutôt à courir, si je ne veux pas rater le premier cours.

Le feu passe au vert. Je fais le premier pas pour traverser quand j'entends une voiture klaxonner avec insistance.

C'est une jeep noire… Mon cœur manque un battement : Cameron !

Lorsqu'il me fait signe de monter, je secoue la tête pour refuser. Autour de moi, les moteurs vrombissent : les voitures reprennent leur course.

Cameron klaxonne comme un fou. Il ne me reste qu'à me réfugier dans sa jeep si je ne veux pas mourir écrasée.

Cam démarre au quart de tour.

— Pourquoi t'es pas en cours ? demandons-nous en même temps.

La question reste sans réponse. J'attache ma ceinture et j'essaie de calmer ma respiration.

— Quelle idée de foncer au milieu des bagnoles ! Tu aurais pu m'appeler.

Je hausse les épaules et regarde l'heure sur mon portable. Il ne reste plus que cinq minutes, et nous sommes coincés dans un énorme embouteillage. C'est fichu pour arriver à l'heure.

— Ne t'en fais pas, on dira au prof que c'était complètement bloqué, fait Cameron, comme s'il avait lu dans mes pensées.

Je ne veux pas imaginer ce que tout le monde va croire en nous voyant arriver en retard, et ensemble…

En effet, lorsque nous entrons dans la salle de classe dix bonnes minutes après la sonnerie, le prof d'anglais nous accueille par une boutade :

— Ah, voici nos deux tourtereaux !

Tous les copains ricanent comme si c'était marrant. N'importe quoi !

— Je ne veux plus que cela se reproduise, c'est clair ? tonne le prof. Cela vaut surtout pour vous, monsieur Geller. À moins que vous n'ayez décidé de redoubler encore une fois…

— Bien sûr que non, monsieur. Je suis désolé. C'est entièrement ma faute. Je suis allé chercher Chris, et nous nous sommes retrouvés au beau milieu d'un embouteillage, dit Cameron, qui me sauve ainsi d'un long sermon sur la ponctualité.

— Que ce soit la dernière fois ! conclut le prof d'un ton menaçant.

Alors que nous nous asseyons à nos places, je sens tous les regards fixés sur moi. Trevor fronce les sourcils, troublé.

Et je le comprends…

À la fin du cours, il vient me parler.

— Chris, on se voit à la pause déjeuner ?

— Bien sûr.

Je ramasse mes affaires et je me précipite hors de la salle. Chloé me rejoint dans le couloir.

— Alors, Cameron et toi…, commence-t-elle.

— Ne te fais pas d'idées. C'était juste une excuse pour ne pas choper une punition.

— Ah ! Euh… je ne sais pas si tu as lu les messages que je t'ai envoyés ces derniers jours… Dans le doute, je te le dis de vive voix : je suis vraiment, vraiment désolée pour ce qui s'est passé. J'espère qu'un jour tu pourras nous pardonner.

— Tu m'excuseras, Chloé, je n'ai pas envie d'en parler. Je veux juste continuer ma vie et tout oublier.

— Mais tu ne peux pas simplement oublier ! On doit en parler, au contraire. Il faut que tu dises ce que tu éprouves, que tu déverses ta rage. Tu ne surmonteras pas cela en faisant comme si rien ne s'était passé.

Une fois de plus, je ne sais que dire.

— Chris, écoute-moi. Si tu n'as pas l'intention de renouer avec nous, d'accord… Ça nous fait super mal de te perdre, mais on respectera ta décision. Pour Cameron, c'est différent. Lui et toi…

Je lève la main pour la faire taire.

— Ça suffit, Chloé, ça ne m'intéresse pas.

— Chris, Cameron est en train de dérailler ! Il t'aime et il t'a toujours aimée. Il souffre tellement que…

— Hé ! Je t'ai dit stop !

J'ai beau hausser le ton, Chloé est de ceux qui ne se rendent qu'une fois leur objectif atteint.

— … il s'est renfermé sur lui-même. Il ne sort pas, ne parle avec personne… Il déprime, Chris, et je suis inquiète pour lui, ça me fait mal de le voir dans cet état. Essaie au moins de l'écouter.

— Impossible !

C'est la seule chose que je parviens à dire avant de faire volte-face et d'entrer dans la salle de géographie.

Pendant le cours, j'observe Cameron à la dérobée. Il n'a pas l'air fou de chagrin…

En tout cas, s'il va aussi mal que le prétend Chloé, il ne le montre pas. Mais il est vrai qu'il n'aime pas exhiber ses faiblesses…

Je ne peux pas nier que les paroles de Chloé m'aient troublée… Si je n'avais pas un peu d'amour-propre, je suivrais mon instinct, qui me souffle de me lever et d'enlacer Cam.

Non, pas question, après ce qu'il m'a fait ! Je dois résister et ne m'occuper que de mes propres blessures.

14

À la pause déjeuner, je file vers les casiers, où j'ai rendez-vous avec Trevor.

— J'ai croisé Susan en chemin, m'annonce-t-il. Cette nana est franchement ignoble ! Je ne crois pas que…

À cet instant, je vois Cameron qui passe dans son dos. Je n'arrive pas à détacher mes yeux de lui.

C'est incroyable comme les paroles de Chloé ont réussi à me déstabiliser… Plus je le regarde, et plus je ressens un vide énorme. Je me retiens de courir l'embrasser et de lui demander pardon, même si je sais que je ne suis pour rien dans ce naufrage.

— Chris, tout va bien ? demande Trevor, qui se rend compte que je ne l'écoute pas.

Il se retourne pour suivre mon regard.

— Ah… Tu le sais, hein, qu'on va passer le week-end avec lui ?

— Je préfère ne pas y penser !

Je fais demi-tour et je pars dans la direction opposée à celle qu'a prise Cameron.

— J'espère que tu resteras loin de lui pour ne pas te laisser embobiner, lâche Trevor, l'air inquiet.

Je m'arrête au milieu du couloir et je le regarde fixement.

— Qu'est-ce que tu veux dire ?

— Ce que je veux dire ? Eh bien, qu'il ne faut pas que tu te fasses avoir une nouvelle fois ! Je n'arrive pas à comprendre comment tu as pu oublier ce qu'il t'a fait ! Il t'a utilisée, il t'a menti ! Et qu'est-ce que tu fais ? Tu montes dans sa voiture comme si de rien n'était !

Ah… nous y voilà !

— Je n'oublie pas ce qu'il m'a fait, ça ne sert à rien que tu en parles tout le temps.

— Oh si ! il vaut mieux que je te le rappelle, pour ton bien.

Trevor fait un pas vers moi et pose la main sur mon épaule.

— Je ne laisserai pas ce minable te faire du mal.

— Alors, dis-moi comment faire pour me l'enlever de la tête.

— C'est pas si compliqué, Chris ! déclare Trevor. Tu te remets en jeu jusqu'à ce que tu trouves le mec qu'il faut.

— Facile à dire !

— Tu es vraiment folle de lui…, murmure Trevor tandis que nous traversons le jardin.

— Oui, hélas.

— Les voilà ! crie quelqu'un.

Matt est assis sur l'herbe avec Becca et un garçon que je ne connais pas. Nous leur disons bonjour et nous installons avec eux.

Le nouveau nous regarde quelques secondes, Trevor et moi, avant de se pencher vers Becca.

— Tu ne me présentes pas à tes amis ?

— Oh si ! excuse-moi. Voilà David. C'est mon cousin, il vient de rentrer d'une année d'études en Europe.

Je lui serre la main.

— Alors, raconte. Tu as dû rencontrer plein de gens intéressants, fait Matt.

— Tu rigoles ? J'ai failli mourir d'ennui ! Ces gens sont super bizarres : ils passent leurs nuits à étudier ou à jouer à des jeux en ligne idiots... Une expérience très décevante.

Becca ricane, amusée :

— Tu t'attendais à quoi ? À faire la fête tous les soirs ?

— Bien sûr ! Et vous, comment ça s'est passé ? J'espère que c'était plus excitant que pour moi.

Je regarde Matt : pourvu qu'il ne raconte pas cette année désastreuse !

— Oui, c'était plutôt animé... Il s'est passé tellement de choses... mais on te racontera une autre fois, répond Becca, qui m'adresse un sourire.

David fronce les sourcils.

— Et depuis quand Samantha Geller traîne avec Nash Grier ?

— Ça aussi, tu le sauras en temps voulu, fait Matt.

— Tu as vécu où exactement, en Europe ? demande Trevor.

— À Paris... Mais c'est Susan !

On se retourne tous : en effet, Susan marche vers nous, suivie de sa cour.

David se lève et arrange ses vêtements et ses cheveux. Je vois que Becca se retient de rire.

— Tiens, David le Désaxé. Alors, tu es revenu, lance Susan de sa voix de crécelle.

— Eh oui ! Et je ne suis plus le même. L'Europe m'a changé, répond-il en l'examinant de la tête aux pieds.

David a un faible pour Susan ? Intéressant !

— Ça, on verra ! s'esclaffe-t-elle.

Elle se retourne et s'en va en roulant des fesses. Chose étonnante, elle m'a complètement ignorée.

Le visage tout rouge, David se rassoit.

— Comment j'ai été ? demande-t-il à Becca.

— Mieux qu'il y a quelques années, c'est sûr, lâche celle-ci, hilare.

— T'es toujours accro à Susan, hein ? se renseigne Matt.

— Quoi ? Tu craques pour cette nana ? s'étrangle Trevor.

— Bizarre, hein ? J'ai toujours été attiré par ce genre de fille.

Trevor continue de rire comme si c'était la blague du siècle.

Après les cours je prends le raccourci pour rentrer chez moi le plus vite possible.

Je traverse le parking à l'arrière du gymnase, où Austin a essayé de m'écraser. Au souvenir de ce qui s'est passé ce soir-là, je frissonne et accélère le pas.

Il s'est écoulé environ un mois depuis, et je fais toujours des cauchemars où je vois Trevor en train de mourir.

Dès que je rentre à la maison, ma mère m'achève :

— Bonjour, ma chérie. S'il te plaît, va préparer les affaires que tu veux emporter en camping.

— D'accord, maman.

— D'ailleurs, une fois qu'on y sera, tu me remettras ton portable.

— Quoi ?

— Tu as bien entendu. On va là-bas pour profiter de la nature, donc, les portables, ordinateurs et tous les autres gadgets sont bannis.

— Ce n'est pas juste !

— Tu verras que tu apprécieras cette nouveauté..., dit-elle en tournant les talons.

Ce week-end sera mortel ! En compagnie de Cameron et Sam, et sans Internet, je vais devenir folle, c'est sûr !

Je commence à fourrer des vêtements dans mon sac lorsque j'entends dans mon dos :

— Depuis quand tu es au courant pour cette randonnée ?

Je sursaute, effrayée, en poussant un cri. C'est pas vrai ! Cameron est entré par la fenêtre...

Je cours fermer la porte et souffle :

— Qu'est-ce que tu fais là ?

— Réponds-moi, insiste Cam.

— Depuis lundi. Il y a un problème ?

— Alors, tout le monde le savait depuis des jours, et moi, je l'ai appris à l'instant !

Il s'adosse contre mon placard. Il doit immédiatement sortir de ma chambre, car je risque de ne pas répondre de mes actes.

— Tu es venu ici juste pour me demander ça ? fais-je d'un ton neutre en continuant de fouiller dans mes affaires.

— Non. Je voulais aussi savoir si ça t'est égal que j'y sois.

Je m'immobilise sur-le-champ.

— Qu'est-ce que ça peut bien te faire ?

— Je n'aimerais pas te gâcher ton week-end, voilà tout, explique-t-il en me regardant droit dans les yeux.

— De toute façon, on n'a pas notre mot à dire, les parents sont super emballés par cette idée débile. Inutile d'en discuter, dis-je avant de me remettre à choisir mes vêtements.

— Oh ! les miens m'écouteraient, crois-moi. Je sais être très convaincant.

Je ne réponds pas.

— Tu ne préfères pas que je me débrouille pour rester chez moi ? insiste-t-il.

Si seulement je le savais…

— C'est toi qui vois. Ça m'est égal.

Je regarde ailleurs pour ne pas croiser son regard.

Il me saisit délicatement le menton pour me forcer à le regarder.

— Ça t'ennuierait que je n'y aille pas, hein ?

Les battements de mon cœur s'accélèrent.

Il le fait exprès, j'en suis sûre.

— Euh…, fais-je, troublée.

Non, je dois réagir !

— C'est toi qui vois, je te l'ai dit. Si tu veux venir, viens.

Je me mords la langue : ce n'est pas ce que j'aurais dû dire…

— Ça m'est complètement égal, je répète.

— Bien, alors on se voit dans quelques heures.

Je le regarde sortir par la fenêtre, toute secouée par ce qui vient de se passer.

Moi qui pensais que, jour après jour, il me manquerait moins…

15

— Chriiis ! crie ma mère. Chriiis ! Debout !

— Qu'est-ce qui se passe ?

— Oh, enfin ! Il est 6 heures ! Dans une heure, on s'en va ! annonce-t-elle d'une voix irritée avant de sortir de ma chambre.

Qu'est-ce qui lui prend ? D'habitude, les départs en week-end la mettent de bonne humeur. Je l'entends entrer dans la cuisine et parler à mon père en haussant le ton. C'est la troisième fois qu'ils se disputent en une semaine… Il y a quelque chose qui ne va pas, mais quoi ? Dernièrement, maman est tout le temps nerveuse, et papa semble préoccupé.

Je me lève et je glisse les dernières affaires dans mon sac.

À 6 h 30, comme prévu, les Geller et les Square sonnent à la porte.

J'essaie de soulever l'énorme sac à dos que j'ai préparé pour le porter dans l'entrée, en vain : il doit peser une tonne.

Un éclat de rire me fait faire volte-face. Cameron est appuyé au chambranle de la porte, les bras croisés, amusé par la scène.

— Laisse, je vais t'aider !

Il s'approche et soulève le sac sans aucun effort.

Trevor entre dans ma chambre.

— Chris, tu as besoin d'un coup de main ?

— Non, je suis déjà là, répond Cameron, qui l'écarte et sort de la pièce.

— Tout va bien ? me demande Trevor.

— Euh… oui, mis à part le fait que je n'ai aucune envie d'y aller…

— Je veux dire, avec Cameron.

— Oui. Il ne s'est rien passé. Il m'a juste proposé de porter mes affaires dans la voiture.

Trevor hoche la tête, et on sort de la maison pour rejoindre les autres.

Papa est en train de ranger les derniers bagages. Kate a déjà pris place dans notre voiture et regarde quelque chose sur son portable, exactement comme Sam dans la jeep de Cameron.

Celui-ci s'approche et lance un regard mauvais à Trevor.

— Il y a d'autres trucs à mettre dans la voiture ?

— Non, juste mon sac à dos.

Un silence embarrassant suit ma réponse.

Heureusement, Mme Geller arrive.

— Les voilà, mes petits chéris ! Je peux vous demander un service ?

Je m'efforce de sourire.

— Bien sûr.

Pourquoi est-ce que je sens qu'elle va me demander quelque chose qui n'améliorera pas la situation ?

— Je crois que ce serait mieux si Trevor et toi vous voyagiez avec Cameron et Sam. Qu'en dites-vous ?

Interdite, je regarde Trevor pour l'encourager à parler.

— Pas de problème, dit-il.

Ce n'est pas ce que j'attendais de lui…

— Parfait ! Merci beaucoup, dit Mme Geller.

Elle se penche à l'oreille de ma mère pour lui chuchoter quelque chose, puis elles échangent un sourire entendu.

Elles se moquent de moi ?

Je prends ma mère à part.

— Tu étais au courant, n'est-ce pas ?

— Oui, ma chérie. C'est mon idée.

— Pourquoi ? Tu sais très bien que Cameron, Sam et moi on ne s'entend pas.

— Justement, Chris. Vous devez trouver le moyen de résoudre cette histoire. Crois-moi, ma chérie, je le fais seulement pour ton bien. Tu ne penses pas que cette sortie pourrait vous aider à vous réconcilier ?

Il est vrai qu'elle ne sait pas ce qui s'est passé, sinon elle ne voudrait sûrement pas que je fréquente Cameron et Sam.

— Et puis, il y a aussi Trevor. Tu ne seras pas seule avec eux.

Elle sourit et referme le coffre.

— C'est parti ! annonce M. Geller, et tous prennent place dans les voitures.

Je soupire et je m'approche de la jeep de Cameron.

— Ça va aller ? Je peux m'asseoir devant, si tu veux, propose Trevor.

Je sens les yeux de nos mères rivés sur moi, et je décide de faire semblant de vouloir me rabibocher avec Cameron pour avoir la paix.

— Tout va bien, Trevor, ne t'en fais pas, dis-je.

Je m'installe à l'avant, sur le siège passager. Trevor monte à l'arrière, à côté de Sam.

Peu après, Cameron prend place derrière le volant. Quand il me voit assise près de lui, il a l'air surpris.

— Je suis désolé qu'on t'ait obligée à faire le voyage avec nous. Je n'étais pas au courant, explique-t-il en mettant sa ceinture.

— Je sais.

— Franchement, elles pourraient nous lâcher et s'occuper de leurs affaires.

— Ce n'est pas grave. On est là, on y reste. Démarre, ils ont déjà pris de l'avance.

Cameron soupire et met le contact.

Je sens que le voyage va être long…

16

Le silence dans la voiture est embarrassant ; heureusement, l'endroit où on va camper n'est pas loin de Miami et le supplice ne va pas durer longtemps.

Être enfermée dans l'habitacle avec Cameron, l'avoir à quelques centimètres de moi sans pouvoir le toucher est vraiment pénible. L'air me manque ; je ne sais pas combien de temps je vais résister…

— Qu'ils sont mignons ! murmure-t-il soudain, jetant un œil dans le rétroviseur.

Je me retourne : Trevor et Sam se sont endormis. Trevor a la tête appuyée contre la fenêtre, celle de Sam repose sur son épaule. Cam sourit, amusé.

Je resterais des heures à observer son sourire parfait. Je me force à détourner le regard de ses lèvres.

— Typique de Sam ! s'esclaffe-t-il.

Son rire me manquait. Sa bonne humeur me manquait… En réalité, tout de lui me manque.

— Qu'est-ce qu'il y a ? demande-t-il quand il se rend compte que je le regarde.

— Rien.

Je tourne les yeux vers la fenêtre.

Cam vérifie sur le GPS la distance qu'il nous reste à parcourir.

— Attends, ça va pas ! dit-il.

— Qu'est-ce qu'il y a ?

— On devrait être arrivés depuis un bon moment... Tes parents se sont trompés ou quoi ?

Pendant qu'il revérifie l'itinéraire, la voiture se déporte dangereusement sur la gauche.

— Attention ! je hurle. Voiture en face !

Cam redresse violemment et évite la collision de justesse.

Je reprends mon souffle.

— Qu'est-ce qui se passe ? s'écrie Sam, qui s'est réveillée en sursaut.

Pendant un instant, je les avais complètement oubliés, elle et Trevor.

Cam met son clignotant pour signaler à mes parents qu'il y a un problème, et ils se rangent sur la bande d'arrêt d'urgence.

Je cours les voir.

— Maman, Cameron dit qu'on a dépassé Highlands Hammock depuis un moment.

— Oh ! En effet, il me semblait bien qu'il y avait quelque chose qui clochait... On est allés si loin que ça ?

Cam, qui nous a rejoints, la rassure :

— Par chance, non, madame Evans. Il suffit de faire un petit détour, et dans vingt minutes maximum on y est.

Mon père lève les yeux au ciel.

— Ah, les femmes ! J'ai laissé Courtney me guider, et voilà le résultat !

Tout le monde rit, et Cam propose :

— Si vous êtes d'accord, je passe devant.

Comme il l'avait affirmé, une demi-heure plus tard nous arrivons à Highlands Hammock.

L'endroit est tout simplement magnifique.

La végétation luxuriante, l'air frais et la brise légère rendent ce moment parfait.

— Waouh ! murmure Trevor en regardant autour de lui.

— Venez, on va monter les tentes ! dis-je.

— Ah non, pas toi ! proteste Trevor en rigolant. Tu vas encore y mettre le feu !

Je lui tire la langue et vais prendre mes affaires dans le coffre.

— Laisse faire les gentlemen ! dit Cam en m'arrachant mon sac des mains.

— Je vois que certains ont fait la paix ! lance ma mère.

— Pas exactement…

— Ma chérie, insite-t-elle, je suis sûre qu'à la fin de ce week-end, Cam et toi serez de nouveau ensemble.

— Arrête, maman… Il faudrait déjà qu'on arrive à s'adresser la parole sans se disputer.

Le gardien du camping arrive à notre rencontre.

— Bonjour à tous. Je m'appelle Bill, et je vais vous expliquer comment fonctionne Highlands Hammock.

Il désigne le paysage d'un geste enthousiaste.

— N'est-ce pas un endroit fantastique ? Ici, on est plongés dans une nature non contaminée par la civilisation. Je vais vous montrer le terrain destiné au camping. Sachez que, sans frais supplémentaires, vous pourrez aussi visiter notre parc naturel. Je vous le conseille, c'est un spectacle inoubliable.

On traverse un bosquet pour rejoindre le bord du lac. Le paysage est à couper le souffle.

— Vous pouvez camper ici, dit Bill. Notez que les portables ne passent pas bien. Il n'y a pas de courant non plus, vous devrez donc allumer un feu pour avoir de la lumière. Je vous souhaite un bon séjour ! lance-t-il pour finir. Si vous avez besoin de moi, vous savez où me trouver.

Sur ce, il nous laisse seuls.

Nous commençons à monter les tentes. Je décide d'installer la mienne entre celles de Trevor et de Kate.

— Les portables.

Ma mère passe près de chacun de nous avec un sac. Contrariée, je laisse tomber mon téléphone à l'intérieur et je m'attaque de nouveau à ma tente. Kate m'observe, l'air dubitative.

— Chris, tu ne crois pas qu'il vaudrait mieux demander de l'aide ?

— Pourquoi ? Je peux très bien me débrouiller seule.

— Allez, Kate, fais-lui confiance ! intervient Trevor, moqueur. Si elle veut battre son record personnel de quatre heures, laisse-la faire…

— Quatre heures pour monter une tente ? ricane Cameron, qui s'approche de nous.

— Pour la monter, et y mettre le feu ensuite, s'esclaffe Kate.

— Quoi ?

— Ce n'est pas intéressant, dis-je pour éviter de passer pour une demeurée.

Mais ma sœur a l'air décidée à raconter cette histoire.

— Si, au contraire ! Alors, figure-toi…

Elle commence à rapporter tout dans les moindres détails, comme si elle avait été témoin de la scène.

Je hausse les épaules et reprends mon travail. C'est une question de principe : je vais leur prouver que je suis parfaitement capable de monter ma tente toute seule.

— Je savais que mon petit cœur… euh…

Cameron tousse pour cacher son trouble.

— Je savais que Chris était distraite, mais pas à ce point !

Je fais celle qui n'a rien entendu.

Le silence embarrassant qui s'est abattu sur notre groupe est interrompu par Mme Geller, qui s'écrie en secouant un paquet de chamallows :

— Allez, les garçons, j'ai besoin de bois pour le feu. Ça ne peut pas attendre !

— J'arrive ! juste le temps de passer un coup de fil important, dit mon père, qui s'éloigne de quelques mètres.

Je regarde ma mère : elle semble troublée… S'agit-il d'un appel professionnel ? Sûrement pas, étant donné que son chef est là, lui aussi.

Pendant que les hommes partent chercher du bois, je continue à me bagarrer avec cette saleté de tente.

— Un coup de main ? me propose gentiment Sam.

Mon cœur se serre : ma meilleure amie me manque tellement…

— Euh…, fais-je, prête à refuser son offre, avant de me dire que ce serait idiot. Oui, merci.

En moins d'une demi-heure, grâce à Sam, ma tente est montée. Je n'en crois pas mes yeux.

C'est l'heure du dîner. Nous allons toutes les deux aider à le préparer.

— Dis… j'ai vu que tu passes beaucoup de temps avec Becca et Matt, fait Sam tandis que nous lavons la salade à la fontaine.

Elle évite du mieux qu'elle peut de me regarder dans les yeux.

— Oui, à part Trevor, il ne m'est pas resté beaucoup d'amis.

Je regrette aussitôt mes paroles.

Elle se tait quelques secondes avant de reprendre :

— Chris, en ce qui concerne…

— Non, Sam. Je n'ai pas envie d'en parler.

— Crois-moi, Chris, on ne voulait pas te blesser. On t'aime, et on est vraiment désolés. Ce qu'on a fait est trop nul !

Je me rends compte que deux larmes coulent sur ses joues.

— Je suis un désastre ! s'écrie-t-elle. Je l'ai toujours été. Je me suis laissée entraîner là-dedans comme une idiote. Je ne me pardonnerai jamais de t'avoir perdue.

Je déteste la voir souffrir, elle est si sensible ! Je la prends dans mes bras pour la consoler.

— Sam, tu n'as perdu personne. Je suis là. Et maintenant, assez parlé de cette histoire, OK ? On est dans un endroit magnifique, il faut en profiter à fond.

Je suis sûre que Sam regrette vraiment ce qu'elle a fait, et même si je ne suis pas encore prête à lui pardonner, lui parler a au moins servi à atténuer la colère que je ressens envers elle.

17

Les hommes, partis au cœur de la forêt, ont refait surface il y a une demi-heure. Ils nous ont rapporté du bois pour une bonne semaine…

Depuis, mon père essaie désespérément d'allumer le feu, à présent avec un briquet, vu que la technique des bâtons frottés l'un contre l'autre n'a pas donné de résultat.

— Alors, raconte-moi tes vacances en Caroline, dit Sam, assise près de moi sur la rive du lac.

Après le bref échange à la fontaine, on a recommencé à parler. Sam m'a confié que Nash et elle ont déjà fait des plans pour leur avenir, ce qui veut dire qu'ils ont l'intention de rester ensemble après le lycée. Ils iront à la même université, à New York. Je suis très contente pour elle, elle mérite d'être heureuse.

— Je suis allée chez mon cousin, Luke. Il ne s'est pas passé grand-chose, je ne suis restée qu'une semaine… mais au moins, j'ai changé d'air. J'en avais besoin.

— Je parie qu'un de ses amis a essayé de te draguer, dit-elle en me poussant de l'épaule.

— Eh bien, non. Heureusement. C'était la dernière chose que j'aurais souhaité.

Sam reste silencieuse quelques secondes, puis reprend :

— Je peux te poser une question ? Mais… ne te fâche pas. Simple curiosité.

Qu'est-ce qu'elle va me sortir ? Un peu inquiète, je hoche la tête.

— Tu ne voulais rencontrer personne parce que tu penses encore à mon frère, n'est-ce pas ?

Ça se voit donc tant que ça ? Aïe…

— Oui… je n'arrive pas à l'oublier. Je me giflerais pour ça ! J'ai bien essayé de me l'ôter de l'esprit en repensant à la façon dont il m'a manipulée. Rien à faire !

— Je m'en suis doutée… D'accord, il a été nul, mais là il souffre, et toi aussi, tu es mal. Tu es sûre que vous ne pourriez pas tout reprendre à zéro ? Ça arrive bien dans les films et les livres ! Pense à ces scènes super romantiques, où les protagonistes font semblant de se rencontrer pour la première fois pour reprendre leur histoire depuis le début, avec un prétendu premier baiser sous une lune resplendissante, tout ça, tout ça.

Sam regarde le ciel, les yeux rêveurs.

Comme si les choses pouvaient s'arranger aussi facilement…

— Désolée, je ne peux pas le laisser s'en tirer comme ça sans perdre l'estime de moi-même. Ce qu'il a fait est grave ! Comment veux-tu que tout redevienne comme avant ?

— Je comprends. Mais donne-lui au moins une chance d'être ton ami, suggère-t-elle.

Je m'esclaffe : quoi ? Cameron et moi, amis ? Nous ne l'avons jamais été, et nous ne le serons jamais. Ce serait trop étrange.

— Tu arrives vraiment à nous imaginer *amis*, Cameron et moi ?

— Mmm… non, en effet. Mais peut-être à force d'essayer…

Elle se tait un instant avant de reprendre :

— Je veux que tu saches une chose : Nash n'a rien à voir dans cette histoire. Il s'est toujours opposé à notre plan, et il a été sur le point de tout te raconter un tas de fois.

— Je suis désolée de m'en être prise à lui également…

Mais comment aurais-je pu le savoir ? Nash a toujours été le meilleur ami de Cameron, j'étais convaincue qu'il était impliqué comme les autres.

— J'ai réussi ! exulte mon père.

Il était temps… Sam et moi allons nous installer près du feu. Quelques secondes plus tard, Cameron, qui avait disparu on ne sait où, nous rejoint.

Il a l'air surpris de me voir à côté de sa sœur.

Assis sur des troncs d'arbre autour du feu, nous dînons avec appétit avant de faire griller des chamallows.

C'est beau de voir mon père et ma mère qui se sourient l'un à l'autre et bavardent, l'air détendus. Je ne les ai pas vus aussi sereins depuis un bon moment.

Entre rires, anecdotes de la fac, récits d'aventure et conseils, la soirée passe à toute vitesse. Vers minuit, je rejoins ma tente et me glisse dans mon sac de couchage.

Je me tourne et je me retourne sans réussir à fermer l'œil. Je suis un peu énervée… je n'arrête pas de penser aux regards que Cameron m'a lancés pendant le dîner.

Je passe la tête dehors, me retenant d'aller lui parler.

Soudain, je vois la tente de Kate s'ouvrir ; elle en sort à pas de loup.

— Où vas-tu comme ça ? je murmure.

— Quand je suis allée faire un tour dans les parages, j'ai rencontré des garçons… L'un d'eux m'a invitée à la petite fête qu'ils font ce soir.

— Kate, non !

— Pourquoi ? Ce mec a le même âge que moi, et il m'a dit qu'il a des copains plus âgés que lui. Allez, pour une fois…, me supplie-t-elle.

Qu'est devenue ma douce et innocente petite sœur ?

J'essaie de garder mon calme.

— Kate, tu ne les connais pas ! Je ne suis pas d'accord.

— Alors, viens avec moi !

Je secoue la tête.

— Chris…, dit-elle avec son air de chien battu.

— Maman et papa seraient furieux !

— Mais non ! On ne restera pas longtemps, je te le promets ! Il faut profiter de la vie pendant qu'on est jeunes !

Sérieusement, où est passée ma sœur ? Elle a été enlevée par des aliens ? Si c'est le cas, je veux tout de suite la récupérer.

Je n'aime pas du tout ce qu'elle me demande de faire.

Elle fait mine de partir.

— Bon, d'accord, comme tu veux. Je vais y aller seule.

— Non !

Et je me couvre la bouche en espérant que personne ne m'a entendue.

Je me lève.

— Tu n'iras pas toute seule !

Elle sourit.

— Ça, c'est la Chris que j'aime.

Je secoue la tête. Je n'arrive pas à croire que je suis sur le point de faire une bêtise pareille.

La tente de Sam s'ouvre, et elle en sort avec Cameron.

— Chris, tout va bien ? demande Sam.

— Oui, vous pouvez allez vous recoucher.

J'évite le regard de Cameron, qui me fixe, l'air préoccupé.

— Vous allez quelque part ?

— Oui, mais je ne veux pas que maman et papa s'en rendent compte. Venez vous aussi, si vous voulez, dit Kate en s'éloignant.

Sam et Cameron échangent un regard et nous rejoignent.

Nous nous enfonçons dans les bois. J'espère de toutes mes forces que Kate sait vraiment ce qu'elle fait…

— C'est quoi, cette histoire ? lâche Cam.

Il m'agrippe le bras pour me faire ralentir, laissant ainsi Kate et Sam nous devancer :

— Où est-ce qu'on va ?

— Kate a rencontré des gars qui organisent une fête.

— Génial ! fait-il, irrité.

— Tu aurais pu rester sous ta tente, personne ne t'a obligé à nous suivre.

J'aperçois enfin une petite lumière dans le lointain.

— Désolé si je voulais m'assurer que tu allais bien, dit-il, et il s'arrête. Que tu me croies ou non, je tiens à toi.

— Oui, c'est ça !

Je le plante là et cours vers Kate et Sam, qui sont déjà en train de parler avec leurs nouveaux copains. Ils sont sept : cinq garçons et deux filles.

— Et voilà ma sœur Chris, dit Kate, qui m'entraîne vers eux.

J'adresse un petit sourire forcé au garçon qui me fixe avec insistance.

— Elle est célibataire, ajoute Kate avec un clin d'œil.

Mais qu'est-ce qui lui prend ? Je reste bouche bée tandis que tous deux éclatent de rire.

À cet instant, je vois surgir d'une tente un garçon que j'ai vu deux ou trois fois avec Kate. C'est Dylan, l'un de ses camarades de classe.

Je pousse un soupir de soulagement : ma sœur n'est pas devenue complètement folle, comme je le craignais.

— Enchanté quand même, fait le premier mec. Moi, c'est Victor.

Il me tend la main.

— Et moi, c'est Cameron, dit Cam, qui se fait une place entre Sam et moi.

Kate et Dylan ont disparu je ne sais où. Sam, Cameron et moi, nous rejoignons les copains de Victor autour du feu.

L'un d'eux est en train de raconter sa relation avec une certaine Rosy, relation qui s'est mal terminée.

Pff… À côté de la mienne, c'est du pipi de chat…

— Très intéressant, Alex, vraiment ! lance Victor. Chris, tu peux venir un instant ?

Il se lève et me tend la main.

— Euh… d'accord, dis-je, surprise.

Je le suis un peu à l'écart.

— Je peux te demander un service ? fait-il en jetant un coup d'œil vers les autres.

— Ça dépend. C'est quoi ?

— Je veux savoir si mon ex-copine éprouve encore quelque chose pour moi. Embrasse-moi, on va voir si ça la rend jalouse.

Quoi ?

— Ça ne va pas ?

— Je t'en prie ! Juste un petit baiser, insiste-t-il en regardant l'une des deux filles.

— Non ! Pas question !

— Allez, sois sympa ! Qu'est-ce que ça peut te faire ?

Il m'attire contre lui et essaie de m'embrasser. Je le repousse violemment.

— T'es vraiment un grand malade !

Je vois Cameron, qui accourt et attrape l'autre par les épaules en hurlant :

— Si tu t'approches encore d'elle, je te démolis !

Je tire sur son tee-shirt.

— Cameron, laisse-le ! Viens, on s'en va !

Il m'agrippe le bras pour m'entraîner vers le camping.

— Il faut attendre Sam et Kate ! je proteste.

— Ne t'en fais pas, Trevor est là.

Il continue à courir comme un fou sans lâcher mon bras. Je le suis comme je peux en trébuchant sur le sentier inégal.

Une fois devant sa tente, j'éclate :

— Tu m'expliques ce qui te prend ? Pourquoi tu t'en es mêlé ? Je me débrouillais très bien !

— Ce mec allait t'embrasser, et tu me demandes pourquoi je l'ai fait ? Eh bien, figure-toi que je t'aime. Sacré scoop, hein ?

— Ce ne sont pas tes affaires ! Mets-toi dans la tête que…

Je ne peux pas en dire plus – ses lèvres se posent sur les miennes, me coupant le souffle.

Il m'embrasse, une main sur ma hanche, l'autre sur mon visage, de manière que je ne puisse pas m'écarter, précaution inutile : je n'ai aucune envie que ça cesse…

Mes mains se placent toutes seules sur sa nuque tandis que notre baiser s'intensifie. Nos lèvres se cherchent avec avidité, nos corps se serrent convulsivement l'un contre l'autre.

Mon cœur bat à mille à l'heure, la tête me tourne.

Puis un autre sentiment s'insinue en mon for intérieur : le sentiment de culpabilité. Envers moi-même.

Je ne peux pas ! Il faut que je me libère de ce pouvoir qu'il a sur moi.

Je me fais violence pour interrompre notre baiser.

— Pourquoi tu fais ça ? dis-je tout bas, ma bouche contre la sienne.

— Pardon ! C'est plus fort que moi, lâche Cameron.

Il fait un pas en arrière.

— Cam…

À cet instant, je vois Sam et Kate, qui sortent des bois.

— J'ai appris ce qui s'est passé ! lance Kate, l'air paniquée.

— Ce n'est rien. Allons dormir.

Jusqu'au matin, je pense au baiser de Cam… Je dois absolument mettre les choses au clair.

18

— Allez, debout ! crie pour la énième fois Mme Square. Vous n'êtes pas là pour traîner au lit !

Ce matin, seul Trevor a réussi à se lever au premier appel des parents. Nous autres avons dormi une heure de plus, et, une fois dehors, nous avons eu droit à un interrogatoire en règle concernant nos yeux cernés. À court d'idées, j'ai prétendu que, n'ayant pas sommeil, nous étions allés bavarder sur la rive au clair de lune.

Heureusement, l'excuse a fonctionné, même si ma mère et Mme Geller ont mal interprété mes propos, à en juger par les regards entendus qu'elles ont échangés. À présent, elles sont persuadées que j'ai fait la paix avec Cameron.

Il va falloir que je fasse semblant, surtout pour ne pas decevoir maman, qui a l'air si heureuse. On dirait que notre réconciliation est la seule chose qui puisse lui remonter le moral.

Son couple avec papa ne va pas bien du tout.

L'accalmie d'hier n'a pas duré ; ce matin, la situation a de nouveau basculé quand, pendant le petit déjeuner, papa s'est éloigné pour passer l'un de ses prétendus coups de fil professionnels.

On ne me fera pas avaler ces salades !... Tôt ou tard, je découvrirai la vérité ; j'espère juste qu'il ne s'agit pas de quelque chose de grave.

— Après le petit déjeuner, nous partons visiter le parc naturel, annonce Mme Geller.

Dès l'entrée, le spectacle qui s'offre à notre vue nous coupe le souffle. Tout est tellement beau que cela semble irréel.

La visite est un peu fatigante, car le parc est immense, mais ça en vaut la peine.

Le plus impressionnant est le long pont suspendu au-dessus d'un lac et d'une partie de la forêt. À sa simple vue, je me mets à trembler. Il faut dire que j'ai toujours souffert du vertige... Je prends une profonde inspiration et avance pas à pas agrippée à la rambarde.

La traversée, interminable, offre un panorama époustouflant sur le parc. Le profond silence est troublé uniquement par les clics d'appareils photo.

Nous sommes en train de traverser le deuxième lac quand Sam s'écrie :

— Oh mon Dieu, un crocodile !

En effet, un gigantesque reptile se déplace lentement à la surface de l'eau. Je le regarde, paralysée par la peur. Les jambes en coton, je n'arrive plus à marcher.

Trevor revient sur ses pas et me prend la main.

— Viens, Chris, dit-il. Avance.

Grâce à lui, je trouve la force de continuer. Une fois à l'écart de cette scène de cauchemar, je pousse un soupir de soulagement.

— Merci, Trevor.

Cameron se retourne, les yeux fixés sur nos doigts entrelacés.

Instinctivement, je retire ma main.

— Ne me remercie pas, dit Trevor. Je sais que ces choses t'impressionnent.

Il sourit et fait volte-face pour continuer son chemin.

La visite se termine, nous nous retrouvons sur le sentier qui mène à l'entrée du parc.

C'était une expérience incroyable, mais très fatigante. Alors que nous rentrons au camping, je ne pense plus qu'à une seule chose, mon sac de couchage, pourtant très inconfortable.

Quelques mètres devant moi, Cameron avance en compagnie de Kate, qui est en train de lui expliquer quelque chose. Je voudrais savoir de quoi ils parlent...

L'attitude sérieuse et concentrée de Cameron me fait croire que ce qu'elle dit est important.

Le baiser de cette nuit me revient à l'esprit ; j'en ai des frissons.

Après avoir mangé un morceau, on se divise : Trevor, Sam et les Geller décident de faire une promenade le long du lac pour voir s'il est possible de louer des barques avec lesquelles rejoindre l'autre rive.

Cameron et mon père s'éloignent pour passer des coups de fil.

Kate, Fanny, ma mère et moi préférons rester au camping pour nous reposer un peu.

C'est agréable, d'être seule au bord du lac, étendue par terre, les yeux tournés vers le ciel azur.

— Tout va bien ? demande Kate en s'approchant.

— Oui.

— Menteuse !

Elle ricane et s'allonge près de moi.

— Je sais ce qui s'est passé avec Cameron.

Je la dévisage : est-elle en train de plaisanter ? Est-ce de cela qu'ils ont parlé tout à l'heure ?

— Qu'est-ce que tu veux dire par « Je sais ce qui s'est passé avec Cameron » ?

— Eh bien, je suis au courant pour le baiser.

Elle le dit comme si c'était un détail sans importance, alors que, il y a quelques jours, quand je lui ai finalement raconté ce qui s'était passé, elle était prête à le tuer…

— On vous a vus, Sam et moi, et, du coup, j'ai voulu en parler à Cam… Il m'a demandé ce qu'il pouvait faire pour réparer sa connerie. Je lui ai répondu qu'un baiser ne suffirait sûrement pas pour résoudre son problème. Ça me semblait cruel de lui balancer : « Désolée, mon pote, tu n'as aucune chance de la récupérer, tu n'as plus qu'à l'oublier ! » Alors, je lui ai conseillé de te donner du temps, pour que tu puisses réfléchir. Je suis sûre qu'à la fin tu comprendras ce qui est juste, dit-elle sans détacher les yeux du ciel bleu.

— Merci…

— Ah ! Je crois que j'ai aussi dit quelque chose à propos de Trevor et toi… genre que dernièrement vous êtes très proches, et super touchants.

— Quoi ?

Je me redresse pour la foudroyer du regard.

— Dis-moi que tu plaisantes !

— Mais c'est vrai, non ? Vous êtes tout le temps ensemble ! Et Trevor n'arrête pas de dire : « Chris est parfaite... Si seulement elle me donnait une chance, je la traiterais comme une princesse ! »

Elle imite tellement bien mon ami que je ne peux m'empêcher de rire.

— Il n'a jamais dit ça !

— C'est vrai, je parie qu'il le pense. Chris, il est follement amoureux de toi ! Dans sa tête et dans son cœur, il n'y a que toi, ajoute-t-elle, redevenant sérieuse.

Je ne ris plus. Je sais que Trevor m'aime, il me l'a avoué quand je suis allée à Miami pour l'enterrement de Cass. Mais j'espère vraiment que cela changera... Je tiens trop à notre amitié.

— Je n'ai pas envie de penser à ça, dis-je d'un ton triste. Pour moi, Trevor est comme un frère. Je ne supporterais pas de le perdre, lui aussi.

— Heureusement ! Tu n'as pas besoin d'un autre Cameron, conclut Kate.

Elle se lève, et j'en fais de même, puis nous rejoignons notre mère et Fanny.

— Alors, les filles, vous vous amusez ? demande la mère de Trevor.

— Oh oui ! C'est super de vivre en pleine nature... Même si je cherche tout le temps mon portable, ne serait-ce que pour voir l'heure, répond Kate.

— À votre âge, nous ne savions même pas ce qu'était un portable et, crois-moi, on passait de bons moments ! affirme Fanny.

— À quelle heure on part demain ? je demande.

— Après le petit déjeuner.

— Pourquoi aussi tôt ? proteste Kate.

— Pour que vous puissiez travailler avant de reprendre les cours lundi, explique ma mère.

J'entends des voix dans mon dos : Cameron et mon père viennent dans notre direction.

— Ah, voilà nos deux hommes qui n'arrivent pas à se passer de leur portable ! plaisante maman.

— Où sont les autres ? demande mon père.

— Ils sont allés se promener au bord du lac.

— Oh non ! dit-il en fouillant les poches de son pantalon. J'ai oublié mon téléphone dans la voiture. Chris, tu veux bien aller me le chercher, s'il te plaît ?

— Tu en as vraiment besoin ? J'ai pas trop envie de…

— Il est sur le siège, me coupe-t-il. Allez, Chris, tu es jeune et en pleine santé.

— Et puis, Cameron peut venir avec toi, intervient ma mère.

Cameron hausse les épaules, l'air indifférent :

— Pas de problème.

— Dépêchez-vous, ordonne mon père.

« Et quoi encore ! »

— Alors… tu souffres du vertige ? demande Cameron au bout de quelques pas.

— Oui, depuis toujours.

— Tiens, on n'aurait pas dit, quand nous étions sur le toit de cet hôtel, à Londres, ricane-t-il.

Je me rappelle parfaitement ce soir-là… Je crois que l'émotion et le bonheur étaient plus forts que ma peur du vide.

— Il y a une certaine différence entre se tenir debout sur le toit d'un immeuble, et marcher sur un pont de bois qui craque à chaque pas, suspendu au-dessus d'un lac infesté de crocodiles !

Cam sourit et secoue la tête, l'air entendu.

Je hausse les épaules et accélère : s'il s'imagine que je vais lui demander ce qu'il a à l'esprit, il se trompe.

Cela dit, il faut tout de même qu'on parle de ce qui s'est passé hier soir…

Une fois au parking, je vais récupérer le portable sur le siège de la voiture de mon père. Je remarque cinq appels en absence et deux SMS. La tentation de fouiner est trop forte… Je passe le doigt sur l'écran.

— De toute façon, lance Cameron dans mon dos, à Londres non plus tu n'étais pas en sécurité. J'aurais toujours pu te pousser et te faire tomber du dernier étage.

Je sursaute et me cogne la tête.

— Aïe ! dis-je en ramassant le portable, tombé par terre.

Je ferme la voiture et, en me retournant, je me retrouve tout contre Cameron. Il sourit, amusé.

— Tu n'as pas changé, tu es toujours aussi con ! fais-je en le repoussant, ce qui le fait rire encore plus.

Vexée, je me précipite vers le camping.

19

Je me tourne et me retourne dans mon sac de couchage, incapable de trouver le sommeil.

Je décide de me lever pour me promener le long du lac.

Le ciel, splendide, limpide, est piqueté d'étoiles.

Tout en marchant, je repense à l'agréable soirée que nous avons passée autour du feu, pleine de bavardages et de rires.

Les adultes ont parlé du bon vieux temps. C'est bizarre, de les imaginer jeunes et insouciants comme nous.

Mme Geller nous a raconté comment avait débuté sa relation avec John.

Leur histoire est très belle : je continue à y penser.

Au loin, j'aperçois quelqu'un qui, assis par terre, lance des cailloux dans le lac. Cameron ! Je le rejoins et demande :

— Toi non plus, tu n'arrives pas à dormir ?

— Non. Trop de choses en tête…

Je sais que je ne devrais pas lui adresser la parole, mais il faut qu'on parle de ce qui s'est passé hier soir. Je ne veux pas qu'il se fasse des idées.

Je m'assois près de lui.

— À quoi pensais-tu ?

— À ma mère, mon père et Gina, dit-il au bout d'un moment, et il lance un autre caillou.

Ah... Je croyais qu'il dormait pendant le récit de Mme Geller.

— Je déteste entendre cette saleté d'histoire ! crache-t-il.

— Oui, ça a dû être dur pour toi...

— Il n'y a pas que ça... Je n'aime pas me souvenir du mal que j'ai fait à Sam. Qu'est-ce que j'ai pu la haïr ! Je suis un crétin ! Je ne me le pardonnerai jamais.

Il a l'air sincèrement désolé.

— Cela n'a pas de sens, de ruminer le passé, Cam. Les choses ont changé maintenant, concentre-toi sur le présent.

Il se tourne vers moi et fixe intensément mes lèvres. Puis il lève les yeux sur les miens. Il reste à distance : il se contente de me regarder comme ensorcelé.

— Chris... pardonne-moi pour hier soir, dit-il.

Je me serais attendue à tout, sauf à ses excuses. Qui aurait pu le croire...

— Euh... pas de problème, fais-je, troublée.

Adieu, le discours que j'avais préparé pendant toute la journée...

— C'était plus fort que moi, poursuit-il.

— D'accord, mais essaie de te contrôler à l'avenir.

Il me fait un clin d'œil.

— Mmm... ça, je ne sais pas si je peux te le promettre.

Je réprime un sourire.

— Tu n'as pas le choix. Sinon, comment veux-tu que j'arrive à tourner la page ?

— Ah, se contente-t-il de dire.

— Je suis sérieuse... Il faut que j'aille de l'avant, Cam.

— Alors, tu as vraiment décidé de tourner la page... Il n'y a aucune chance que tu me pardonnes ?

— Impossible ! Chaque fois que j'y pense, tous les mensonges que tu m'as racontés me reviennent à l'esprit. J'ai trop peur que cela ne recommence.

— Et si je te jurais que, cette fois, ça se passera autrement ?

— Cam, je ne crois pas que...

— Fais-moi confiance, supplie-t-il. Je te promets que, si tu décides de me pardonner, je ne te décevrai pas.

— La confiance a toujours été notre point faible, Cam. Je n'arrive plus à te croire...

Il détourne le regard et se passe la main dans les cheveux.

— Pourquoi j'ai été aussi con ? gémit-il.

— Je... je pense que tout ça aura servi à quelque chose.

— Ah bon ? À quoi ?

— À nous faire comprendre que nous ne sommes pas faits pour être ensemble.

Il fronce les sourcils et me regarde comme si j'étais folle.

— Qu'est-ce que tu cherches à me dire ? lâche-t-il d'une voix tremblante.

— Qu'il est temps de recommencer, chacun de son côté.

Le dire me fait mal, mais il le faut.

— Tu crois vraiment que c'est possible ?

— Oui.

— Eh bien, moi, je suis sûr que non. En tout cas, je n'ai pas l'intention de t'oublier. Je n'ai jamais autant souffert pour personne, et toi, tu me demandes d'aller de l'avant ? dit-il en haussant la voix. J'y crois pas ! Non, putain, ça n'arrivera pas ! Je ne te laisserai pas partir.

— On peut toujours essayer d'être amis…

Il rit.

— Amis ? Toi et moi ? Tu m'expliques comment je fais pour être juste ton ami si chaque fois que je te vois, je meurs d'envie de t'embrasser ?

— Alors, on ne s'approche plus l'un de l'autre. Il faut que tu respectes ma décision, Cam.

— Je… je suis désolé. Tellement. Pour tout ! Mais je ne pourrai jamais être ton ami : ça, c'est impossible, murmure-t-il, et il s'en va en secouant la tête.

20

— Tout le monde debout, allez ! Il est temps de démonter les tentes !

La voix inimitable de ma mère sonne le début de la journée de la pire des manières.

Je n'arrive pas à ouvrir les yeux… Cette nuit, après avoir parlé à Cam, je suis restée éveillée pendant des heures, à penser à notre conversation.

J'ouvre mon sac de couchage et m'assois en essayant de m'habituer à la lumière du soleil.

— C'est pas vrai, tu es toujours la dernière à te lever ! s'écrie ma mère. Allez, Chris, tout le monde est déjà au travail.

Je sors à quatre pattes et je frissonne dans l'air glacial du matin.

Ils sont tous en pleine activité, les tentes sont déjà pliées ; il ne reste que la mienne.

— Qu'est-ce qui se passe ?

— Rien, il est juste 6 heures, répond Trevor. On s'en va.

Cameron est là, lui aussi. Il referme son sac à dos en évitant mon regard.

— Tu veux que je te donne un coup de main, pour ta tente ? propose-t-il.

Trevor ouvre la bouche pour dire quelque chose, avant de se raviser.

Cameron se met à enlever les piquets sans attendre ma réponse. Je le fixe, surprise.

— Tu comptes m'aider, ou tu restes là à me regarder ? lance-t-il.

— J'arrive, fais-je en reprenant mes esprits.

Une fois ma tente démontée, nous partons tous au bord du lac, laissant les adultes charger les voitures.

— Cet endroit est trop beau ! J'aimerais bien revenir, soupire Kate.

— Peut-être que la prochaine fois, on pourra se baigner dans le lac, enchaîne Trevor.

— Oh, ouiii ! Imaginez comme ce serait bien de se baigner au clair de lune ! s'exclame Sam, rêveuse.

— Pourquoi au clair de lune ? Ce n'est pas mieux à l'aube ? rigole Cameron.

— Non, au clair de lune parce que…

Elle n'a pas le temps de finir : Cameron la pousse dans l'eau.

C'est plus fort que moi, j'éclate de rire.

— Pauvre Sam ! commente Trevor, qui va l'aider à se relever.

— C'est ça, rigolez ! lâche-t-elle en regagnant précipitamment la rive. L'eau est glacée !

— Ça, c'est une déclaration de guerre ! fait Kate.

C'est ainsi que commence une bataille d'eau, interrompue par la mère de Trevor qui, après avoir ri de bon cœur, nous oblige à sortir du lac.

Nous traversons le bois, complètement trempés et transis.

Une fois changée, je monte dans la voiture de Cameron et m'assois à ma place habituelle. Il s'installe lui aussi, tandis que Sam et Trevor discutent avec les adultes.

— Tu sais quoi, Chris ? dit Cam. Je crois que tu as raison. Ce que je t'ai fait ne peut être pardonné en si peu de temps. J'ai essayé de me mettre à ta place, et je pense que je n'aurais jamais pu passer l'éponge. J'ai déjà de la chance que tu veuilles bien m'adresser la parole.

— Et… ?

— Et, même si je sais que ça ne marchera pas, j'ai décidé d'accepter ta proposition qu'on soit amis.

Il sourit.

— Toi, tu manigances quelque chose, dis-je.

— Mais non ! Je fais juste preuve d'intelligence.

— Pourquoi ?

— Parce que j'aurai au moins la possibilité d'être près de toi. Et un jour, qui sait, peut-être… les choses redeviendront ce qu'elles étaient, dit-il avec conviction.

— Que ce soit clair, Cam ! Premièrement : ça ne veut pas dire que je te pardonne. Deuxièmement : je t'ai demandé qu'on soit amis justement pour éviter que la situation redevienne comme avant. Troisièmement : tu ne me colles pas, OK ?

— Ah bon ? Tu changeras d'avis quand tu me verras avec une autre fille.

Je me tais, je n'avais pas du tout pensé à cette éventualité. Et si Cameron tombait amoureux d'une autre ?

En un certain sens, cela simplifierait les choses, mais je souffrirais trop…

— Alors, amis ? demande-t-il en me tendant la main.

Je la lui serre.

— Amis.

Je n'aurais jamais imaginé en arriver là avec lui. Et si cette fois, tout se passait mieux ? Si c'était ça, notre relation idéale ?

Sam et Trevor entrent dans la voiture.

Je remarque le visage bouleversé de Sam.

— Qu'est-ce qu'il y a ? je demande.

— Elle a l'air en état de choc depuis qu'elle a allumé son portable, explique Trevor. Elle a reçu un SMS d'une certaine Lexy.

J'échange un regard avec Cameron.

— Oui, elle est revenue à Miami. Et la proviseure lui a de nouveau confié le journal du lycée, dit Sam.

Aïe… Mauvaise nouvelle.

21

Le week-end a été plus que positif : j'ai réussi à me rapprocher de Sam, et j'ai passé un accord avec Cameron. Il ne me reste plus qu'à arranger les choses avec Chloé…

J'y pense en prenant mon petit déjeuner, lundi matin.

— Simon, que fais-tu encore là ? lance ma mère en descendant l'escalier.

Mon père se verse du café sans répondre.

Deux secondes plus tard, maman fait irruption dans la cuisine et se dirige droit sur lui.

— Qu'est-ce qui se passe, Simon ? crie-t-elle.

Super début de journée…

Mon père garde un calme olympien.

— J'ai demandé à John ma matinée, j'ai des affaires à régler en ville.

— Et qu'est-ce que tu as à faire de si important ? John finira par se lasser de tout ça, insiste ma mère.

— Courtney, ce ne sont pas tes oignons ! Arrête de jouer les hystériques.

J'en reste bouche bée : mon père n'avait jamais autant manqué de respect à ma mère.

— Papa ! dis-je, choquée.

— Chris, va te préparer ! lance-t-il. Il est tard.

Je vais dans ma chambre, les laissant régler ce problème entre eux. D'ailleurs, Trevor doit déjà m'attendre dehors. J'attrape mon sac et je sors de chez moi.

— Salut. Je suis crevé, dit Trevor, qui me passe un casque.

— Salut. Je suis HS, moi aussi. J'ai bossé super tard hier soir.

— On aurait pu bosser ensemble.

— Tu rigoles ! Ensemble, on n'aurait rien fait.

Une fois au lycée, Trevor reçoit un SMS.

— Je dois aller chercher un truc chez Nash, lance-t-il, on se voit plus tard.

Il m'embrasse sur la joue et file.

Tandis que je me dirige vers mon casier, je vois Cameron qui traverse le couloir, en train de lire quelque chose sur son portable. Il lève les yeux, et nos regards se croisent.

Il agite la main et, en passant près de moi, il dit juste : « Salut, Chris. » Puis il bifurque vers la salle d'anglais, les yeux de nouveau rivés sur l'écran.

Pendant que je range mes affaires, j'entends quelqu'un qui m'appelle.

Je me retourne : c'est Taylor.

— Hé, ça fait plaisir de te voir, dit-il en me faisant la bise.

Il a l'air tendu et préoccupé.

— Pareil pour moi, dis-je, intriguée.

Lorsqu'il remet son bandana en place, je remarque que ses mains tremblent.

— Oui, comme tu veux, Chris, dit-il tout à coup en regardant derrière moi. Bien sûr qu'on déjeune ensemble.

J'aime bien Taylor, mais, là, il me fait peur.

— Quoi ? fais-je, troublée.

— Oh ! et ce soir, on pourra aller au ciné.

Tout en continuant son numéro, il se penche légèrement de côté pour vérifier quelque chose dans mon dos.

Je lui donne un coup de poing dans le bras.

— Qu'est-ce que tu as ?

— Aïe ! s'exclame-t-il.

Puis il se reprend et sourit. Il s'écarte pour poser la main sur le casier, si brusquement que son bandana lui tombe sur l'œil ; il a l'air d'un pirate.

— Ashley ! Qu'est-ce que tu fais là ? lâche-t-il en feignant la surprise.

Je me retiens de rire. Ashley hausse les épaules.

— La même chose que toi… Je viens en cours ; ça t'étonne ?

Franchement, comment Taylor peut-il baver devant une des copines de Susan ?

— D'ailleurs, j'y vais, il est tard, lance-t-elle avant de s'en aller.

— Je n'arrive pas à y croire…, commente Tay, qui s'adosse au casier en relevant son bandana.

L'air triste, il regarde Ashley, qui se dirige vers la salle de classe. S'il voulait l'impressionner, ça n'a pas vraiment marché… J'ai de la peine pour lui.

— Hé, ne déprime pas.

— Elle ne me remarquera jamais !

— Et alors ? Il y a plein de filles qui feraient n'importe quoi pour sortir avec toi !

— Peut-être, mais c'est elle qui me branche.

— Alors, bonne chance. Mais essaie de ne pas me mêler à ça.

— Désolé, il n'y avait que toi dans les parages !

Il sourit, gêné.

— Je n'aurais pas dû demander conseil à Cameron, marmonne-t-il.

— Cameron ? dis-je, perplexe.

— Oui. Il m'a conseillé de la rendre jalouse. Il paraît que ça marche à tous les coups.

Je lève les yeux au ciel : ça ne m'étonne pas de la part de Cameron.

— Va voir Trevor, il est super fort !

— Trevor ?

— Oui ! Il a toujours eu des tas de nanas qui lui tournaient autour.

— Mmm… pourquoi pas ?

Une fois dans ma salle, je me tourne vers Trevor.

— Tu veux bien me rendre un service ?

— Oui, vas-y.

Je résume la situation :

— Il faut que tu aides Taylor à faire craquer une fille.

Trevor me regarde comme si je venais de dire la connerie du siècle.

— Et pourquoi moi ?

— Parce qu'il est nul, et que toi, tu sais faire.

— N'importe quoi !

— Trevor…

— Bon, d'accord, c'est peut-être vrai, mais qu'est-ce que tu veux que je lui dise ? Je n'ai aucune technique.

— Allez, il faut juste que tu lui files quelques tuyaux, rien de plus ! Je t'en prie.

— Je vais y penser, dit-il.

Je n'ai pas le temps de lui répondre ; la porte de la salle claque brutalement.

— Rose, au tableau ! Vous allez résoudre l'équation que je vais vous dicter, lance le professeur en allant s'asseoir.

Y a-t-il une meilleure manière de commencer la journée ?

22

Pendant la pause déjeuner, je vois Trevor en train de parler à Taylor. Je suis sûre qu'ils discutent de « ça » ! Discrète, je vais chercher quelque chose à manger aux distributeurs automatiques.

Je me glisse dans la file d'attente.

— Qu'est-ce que tu prends ?

La voix de Cam me fait sursauter.

— Ben… En réalité, je n'ai pas faim. Je vais juste grignoter un petit truc, fais-je, troublée.

— Super déjeuner, ironise-t-il.

Son souffle sur mon cou me fait frissonner.

Nous nous taisons quelques secondes.

Je me racle la gorge.

— Je peux te demander quelque chose ?

— Bien sûr. On peut tout demander à son *ami*, répond-il en insistant sur le mot « ami ».

Il me fait un clin d'œil.

— Je vois que tu as fini par comprendre, dis-je sans le regarder.

— Oui, et j'attends le moment où d'*amis* on deviendra *meilleurs amis*, puis *petits amis*.

Je le fixe, estomaquée : il a l'air sérieux !

Je hausse les épaules sans lui répondre.

— Alors, qu'est-ce que tu voulais me demander ? poursuit-il.

— Je te le dis si tu arrêtes de faire l'idiot.

Il lève la main.

— Promis !

— Tu ne sais pas par hasard si mon père a des problèmes au travail ?

Il secoue la tête, surpris.

— Je ne crois pas... Pourquoi ?

— Mmm... Ces derniers temps, il est super bizarre. Il n'arrête pas de se disputer avec ma mère, travaille souvent à la maison, sort pour aller on ne sait où...

— Hé..., dit Cameron, ne pense pas tout de suite au pire, OK ?

— Oui, tu as raison.

— Si tu veux, je peux demander à mon père s'il sait quelque chose là-dessus.

— Ce serait sympa. Cette situation commence à me taper sur les nerfs.

Nous sortons dans la cour. Matt, Trevor et Becca sont en train de discuter, assis dans l'herbe.

— Alors, Matt et toi, maintenant, vous êtes, euh... amis ? me demande Cameron en s'arrêtant.

— Ben... je crois que oui.

— Tu n'es plus en colère contre lui ?

— En quoi ça te regarde ?

— Je suis ton ami, j'étais curieux de savoir.

Il continue à répéter le mot « ami », et ça m'agace au plus haut point.

Nous nous installons avec les autres.

— Tu lui as vraiment dit un truc aussi banal ? demande Becca à Trevor.

— De quoi vous parlez ? je veux savoir.

— Des conseils que j'ai donnés à Taylor pour attirer l'attention d'Ashley... Je lui ai dit d'être simplement lui-même. Becca prétend que c'est idiot, explique Trevor.

Mon meilleur ami s'est comporté en personne sage et mature. Je suis fière de lui.

— *C'est* stupide ! Mon conseil à moi était meilleur. Les filles sont attirées par les mecs qui leur montrent peu d'intérêt, ricane Cameron.

— Je suis d'accord avec toi, déclare Becca. Ce sont les salauds qui plaisent aux nanas.

N'importe quoi ! Il suffit de voir Trevor et Matt... Deux gars super gentils, qui ont un tas de filles à leurs pieds.

— Et moi, je suis d'accord avec Trevor, fais-je. Si Ashley ne sait pas apprécier Taylor tel qu'il est, c'est son problème.

— Vous savez que Chloé organise une soirée pour Sam ? demande Matt, qui lève les yeux de son portable.

Heureusement qu'il a changé de sujet... L'expression de Cameron ne promettait rien de bon.

— Quand ?

— Samedi prochain.

— Tu y vas, toi ? me demande Trevor.

— Je pense, oui.

— Alors, j'y vais moi aussi.

Il sourit.

— C'est quoi, cette histoire ? Vous ne pouvez pas vous passer l'un de l'autre ? marmonne Cameron.

Tiens, il est jaloux de ma relation avec Trevor… Ça m'est égal !

Tandis que les autres continuent de parler, je repense à mon ancien groupe d'amis… Ils me manquent tous terriblement : Chloé, avec ses démarrages au quart de tour et ses disputes avec Cameron, Jack, qui n'arrive pas à détacher les yeux de Chloé, ne serait-ce qu'un instant, l'amitié de Sam et la gentillesse de Nash, qui a toujours essayé de me protéger et de m'aider, Carter, avec sa fixation sur Maggie…

Même Lindsay, qui réussit toujours à trouver une solution à tous les problèmes, me manque.

Et le Cam d'avant me manque…

— Chris !

Je me retourne : Sam court dans ma direction avec le journal du lycée dans la main.

Aïe… Lexy a encore sévi !

Elle me montre la couverture, où on voit Taylor et moi dans les bras l'un de l'autre.

CHRIS QUITTE CAMERON
ET SE MET AVEC TAYLOR ?
INTERVIEW SPÉCIALE DE SUSAN,
QUI CONFIRME LA NOUVELLE.

23

— Chris, garde ton calme. Susan et Lexy veulent que tu t'énerves, dit Trevor, qui se place devant moi pour m'empêcher de partir.

— Oh non ! Y en a marre ! Je ne les laisserai pas me gâcher aussi les dernières semaines de cours.

Cameron se lève et vient près de moi.

— Qu'est-ce que tu as l'intention de faire ?

— Parler à la proviseure.

Il me prend par la main.

— Allons-y.

— Vous allez vraiment voir la directrice ? Susan et Lexy vont être furieuses ! dit Becca, l'air inquiète.

— Chris a raison, intervient Cam. Il faut qu'elles arrêtent d'écrire des conneries sur les gens. Qu'elles nous lâchent les baskets ! Ce torchon doit être suspendu.

C'est la première fois qu'il me soutient vraiment en quelque chose. J'apprécie beaucoup : on dirait que maintenant que nous sommes amis, notre relation a du sens.

— Ce n'est pas une bonne idée, Chris, insiste Trevor. Susan se vengera !

— Au contraire, c'est la seule chose à faire, déclare Cameron.

Nous nous élançons vers le bureau de la proviseure.

— Evans et Geller ! Qu'est-ce qui vous amène ? demande celle-ci.

— Nous devons vous parler d'une chose très importante.

Elle nous fait signe de nous asseoir.

Je respire à fond, mais Cameron me devance.

— Il s'agit du journal du lycée. Nous avons vu que Lexy s'en occupe de nouveau.

La directrice sourit et hoche la tête, comme si elle était fière de son choix. Je prends le relais :

— Le problème est que Lexy profite de ce petit « pouvoir ». Elle écrit des mensonges et des méchancetés, qui visent certains élèves en particulier. Cameron et moi figurons parmi ses cibles préférées. Madame, nous ne vous demandons pas de faire supprimer le journal, mais d'imposer quelques règles.

Je croise les doigts dans l'espoir qu'elle comprendra, et décidera de prendre des mesures.

La proviseure secoue la tête : elle semble ne pas savoir de quoi je parle.

— Elle a publié des infos sur toi et Geller ? lâche-t-elle, intriguée.

— Euh… oui. Elle est obsédée par nous ! Et là, je suis sur la couverture du nouveau numéro avec Taylor Caniff.

La directrice se lève et va fouiller dans sa bibliothèque.

J'échange un regard avec Cameron : que se passe-t-il ?

La proviseure revient s'asseoir à sa place avec un numéro du journal.

— Pourriez-vous m'expliquer où on trouve ces nouvelles ? dit-elle.

Cameron prend le journal et je m'approche pour voir. Incroyable ! Cette menteuse de Lexy fournit à la directrice des numéros « spéciaux », destinés uniquement à son usage, complètement différents de ceux qui sont distribués aux élèves. Je comprends pourquoi la proviseure n'était pas intervenue…

Cameron ricane en feuilletant le faux numéro.

— C'est aussi amusant que ça, Geller ? lance la proviseure, agacée.

— Oui, parce que ce numéro n'est pas celui que nous avons eu ce matin.

Je pose sur le bureau le vrai journal. À la vue de la couverture, son visage prend une teinte cramoisie ; puis elle commence à le feuilleter, l'air de plus en plus scandalisée. Eh ben… Lexy s'est fourrée dans un sacré pétrin !

Nous restons silencieux tandis que la proviseure continue à lire.

Cameron me serre la main. Puis il se penche vers moi et me chuchote à l'oreille :

— On a réussi !

La directrice se lève et sort de son bureau sans dire une parole. Nous la suivons pendant qu'elle file vers la table où Lexy distribue les exemplaires de son torchon.

Le visage de la menteuse vire au rouge quand elle voit la proviseure arriver au pas de course.

Elle ramasse à la hâte les exemplaires du journal et essaie de les dissimuler dans son sac à dos. Elle croit vraiment qu'elle va s'en tirer ?

— Qu'est-ce qui se passe ? demande Sam, qui nous rejoint.

— La proviseure vient d'apprendre ce que Lexy publiait dans son journal.

— Lexy, dit la directrice d'un ton menaçant, il paraîtrait que l'exemplaire du journal que tu me soumets ne correspond pas à celui que tu distribues aux élèves. Dans mon bureau !

Les élèves qui se sont amassés autour du stand suivent la scène, effarés.

— Elle lui a vraiment donné un faux journal ? Mais elle est folle ou quoi ? commente Chloé.

— Evans, qu'est-ce que tu as fait, espèce de rapporteuse ? crie Susan en fonçant sur moi comme une furie.

Tout le monde s'écarte pour la laisser passer.

— J'ai fait ce qu'il fallait. Trop, c'est trop.

— Ne te mets pas en travers de ma route, Evans. Autrement...

— Ça suffit, maintenant ! je m'emporte. J'en ai marre de toi et de tes menaces. Tu m'oublies, OK ?

— Trop facile ! Je te déteste ! Tu m'as volé tout ce qui comptait pour moi.

— Elle ne t'a rien volé, intervient Cameron. C'est toi qui as tout gâché entre nous.

— Mais...

Cam lève la main pour la faire taire et poursuit :

— Si tu ne t'étais pas comportée comme une folle, on n'en serait pas là.

Susan a l'air perdue, comme si elle réfléchissait aux paroles de Cam.

Heureusement, la cloche sonne, mettant fin à la scène. On fait demi-tour, Cam et moi, laissant Susan plantée au milieu du couloir. Si seulement elle pouvait me laisser tranquille…

24

J'ai passé un après-midi sympa à me balader dans les boutiques du centre à la recherche d'un cadeau pour Sam.

Ce soir aura lieu la fête de son dix-septième anniversaire. Après de longues recherches, je rentre à la maison, non seulement avec un superbe cadeau, mais aussi avec une nouvelle robe, parfaite pour l'occasion. Il va y avoir beaucoup d'invités, presque tout le lycée. Je parie que ce sera grandiose.

J'entends des bruits de pas qui proviennent de la cuisine. Mes parents et Kate me rejoignent, l'air préoccupés.

— Qu'est-ce qu'il y a ?

Silence.

— Alors ?

Ma mère me tend une enveloppe blanche où figure le symbole de UCLA.

Mon cœur manque un battement : mon avenir est enfermé là-dedans !

— Oh, mon Dieu ! fais-je en prenant la lettre.

Enfin, j'inspire profondément et je l'ouvre, les mains tremblantes.

Quelques mots écrits en gras attirent mon attention. Je me retiens de crier de joie, en larmes.

— Alors ? fait mon père.

Je tourne la feuille pour qu'ils puissent lire eux aussi.

— Tu es acceptée ! crie Kate.

Elle me serre fort dans ses bras.

— Je savais qu'ils allaient te prendre !

Je ne peux pas encore y croire. Une fois le lycée terminé, je pourrai fréquenter l'université de mes rêves, dans la ville que j'aime le plus !

Je suis folle de bonheur.

Ma mère sourit et échange un regard satisfait avec mon père.

— Nous sommes fiers de toi, ma chérie ! dit-elle.

Je cours prendre mon portable pour appeler Luke et lui annoncer la bonne nouvelle. J'espère de tout mon cœur qu'il est accepté à UCLA lui aussi.

Dès qu'il répond, je lance :

— Salut ! J'ai reçu le courrier de l'université. Je suis prise !

— Devine quoi ? Je suis pris, moi aussi !

Mon cousin et moi serons dans la même fac ! Je sens que l'année prochaine sera parfaite.

Nous restons au téléphone plus d'une heure, à imaginer comment ce sera.

En raccrochant, je me rends compte qu'il est temps de me préparer pour la fête de Sam. Je suis tout juste prête quand je vois que j'ai reçu un message de Trevor : « Je serai chez toi d'ici dix minutes ! »

Il l'a envoyé il y a cinq minutes ! Je prends le cadeau et je cours vers l'entrée.

La voiture de Trevor est déjà devant la maison, il est en avance, comme toujours.

— Je dois te dire un truc super important ! dis-je en bouclant ma ceinture.

— Qu'est-ce qui se passe ? demande-t-il, l'air inquiet.

— J'ai reçu la réponse de l'université et… je suis prise ! Je vais pouvoir retourner en Californie ! dis-je, émue.

— C'est génial ! Je suis heureux pour toi.

Il n'est pas très convaincant…

— Il y a quelque chose qui ne va pas ?

— Non, rien. Je suis content pour toi, sérieux, prétend-il avant de hausser le volume de la radio.

Pendant quelques instants, nous écoutons la musique en silence.

J'ai entendu dire par Taylor que Chloé s'est donné beaucoup de mal pour organiser cette fête… Sam et elle sont très proches. Chloé est la seule avec qui je ne me suis pas encore expliquée. Aucune de nous n'a le courage de se lancer. Je décide de lui parler à la première occasion.

Dix minutes plus tard, Trevor gare sa voiture devant un local bondé.

La première personne que je vois est Susan. Elle porte une petite robe courte couleur lilas. Elle me regarde quelques secondes, puis me tourne le dos.

Je réussis enfin à repérer Sam, qui est en train de bavarder avec Cameron et des gens que je ne connais pas.

— Viens, on va saluer la reine de la soirée, dis-je à Trevor.

Sam court déjà à ma rencontre. Je la serre dans mes bras.

— Bon anniversaire !

— Je suis contente de te voir. J'avais peur que tu ne te défiles au dernier moment.

— Tu plaisantes ! dis-je en lui tendant son cadeau. Je n'aurais jamais raté ta fête !

Cameron fait un pas vers moi, me passe le bras autour de la taille et m'embrasse sur la joue.

Le baiser dure quelques secondes de trop pour être juste amical mais cela ne me déplaît pas vraiment.

— Tu es très belle, me chuchote-t-il à l'oreille.

Puis il s'écarte, un sourire magnifique sur le visage.

La voix de Chloé résonne dans la salle :

— Euh mmm… Test… Test… Oui, ça marche. Salut, tout le monde ! Il est neuf heures et demie. Que la fête commence !

25

Quand je vivais à Los Angeles, je n'aimais pas aller aux fêtes, mais depuis que nous avons emménagé à Miami, je n'en manque pas une. Celle-ci est peut-être la plus belle à laquelle j'ai eu l'occasion de participer.

Une bonne partie du mérite en revient à Chloé. Elle a tout organisé à la perfection.

Je me fraie un passage vers le bar parmi les danseurs qui se pressent sur la piste pour demander un verre.

— Du soda ! Waouh, tu te laisses aller ! s'exclame quelqu'un près de moi.

Je me retourne : c'est David, le cousin de Becca. Il est en train de siroter une boisson, sûrement alcoolisée.

— Salut. Belle fête, hein ? fais-je.

— Ouais. Je ne pensais pas qu'il y aurait tant de monde. Après tout, il s'agit de Samantha Geller, l'asociale.

N'importe quoi !

— Tu parles de l'ancienne Samantha. La nouvelle, c'est de la bombe ! dis-je, fière de mon amie.

David acquiesce avant de poursuivre :

— Becca m'a appris que ç'a été une année difficile pour toi.

Il se penche vers moi pour que je puisse mieux l'entendre.

J'espère que Becca ne lui a pas tout raconté dans le détail.

— Ouais.

— Si je comprends bien, Susan et toi ne vous entendez pas vraiment ?

— Ouais, dis-je encore pour lui faire comprendre que je préfère éviter ce sujet.

— Tu n'es pas très bavarde, commente David, amusé.

Je lui tourne le dos pour observer les gens qui se déchaînent sur la piste. Cameron est en train de danser avec Chloé, il semble bien s'amuser. Cela faisait longtemps que je ne l'avais vu aussi détendu ; apparemment, Chloé a réussi à lui remonter le moral.

— Tu mates Geller ? demande David.

— Non, pourquoi ?

— Je sais ce qui s'est passé entre vous. Chloé et lui ont vraiment exagéré… Et toi, tu continues à les fréquenter comme si de rien n'était…

— Qu'est-ce que ça peut te faire ? Notre relation ne te regarde pas !

Il hausse les épaules. Quand je fais mine de partir, il m'arrête.

— Attends !

Tout à coup, il m'enlace et m'attire contre lui.

— Ne bouge pas, dit-il avant d'imprimer un baiser sur ma joue.

Je le repousse violemment.

— Hé ! Ça va pas ?

Il ne m'écoute pas ; il se retourne d'un bloc.

— Salut, Susan, lance-t-il en se passant la main dans les cheveux. Je ne pensais pas te voir à la fête de Samantha.

Je n'arrive pas à comprendre comment il peut être obnibulé à ce point par quelqu'un comme elle. Qu'est-ce qu'il lui trouve, à cette manipulatrice ?

— Oh ! dit-elle, l'air blasée, je n'avais pas envie de rentrer chez moi, et je me suis dit que j'y ferais un saut.

Son regard passe de David à moi.

— Tiens, tu traînes avec Evans ? Ne me dis pas que tu es passé de moi à elle ! Comment dire... de star à ringard.

Il faut croire que Susan n'a pas changé. Elle ne me lâchera jamais les baskets !

— C'est une fille super sympa, commente-t-il en glissant le bras autour de mes épaules.

Je m'écarte immédiatement : je ne veux pas que Susan se fasse d'idées sur nous.

— Et elle n'est pas nulle ! Elle a quand même réussi à te piquer Cameron, continue David.

J'en reste bouche bée.

— Ça n'a pas d'importance. Je devrais même la remercier.

— Bon, je vous laisse ! Amusez-vous bien, dis-je pour mettre fin à cette conversation.

Je sors de la salle et regarde autour de moi à la recherche d'un banc. En voilà un. Nash y est assis, tout seul, et regarde quelque chose sur son portable. Je m'approche.

— Qu'est-ce que tu fais là ?

Il sourit et me fait de la place.

— Sam est occupée à saluer et remercier les invités. Du coup, je suis sorti prendre un peu l'air. Et toi ?

— Rencontre pas marrante avec Susan…

— Elle n'a pas encore cessé de te torturer avec cette connerie, hein ?

— Mmm… On dirait qu'ils se sont tous mis d'accord pour m'en parler. J'en ai marre !

— Ils finiront par te lâcher…

— Au fait… Sam m'a dit que tu n'avais rien à voir là-dedans. Je suis désolée, je n'aurais pas dû te sauter dessus comme ça.

— Ne t'en fais pas. Je me sens quand même coupable de ne pas t'avoir prévenue. Ils regrettent tous ce qu'ils t'ont fait…

— Je sais.

— Je suis sûr que, tôt ou tard, tout s'arrangera entre vous, et tu auras envie de leur pardonner.

— Tu m'as manqué, Nash…

— Toi aussi, tu m'as manqué.

Nash sourit et passe un bras autour de mes épaules.

— Tout ira bien. Il suffit d'être patient.

26

Sam, Matt, Becca, Taylor, Nash, Trevor et moi sommes assis autour d'une petite table pour jouer à Action ou Vérité.

C'est un jeu complètement idiot, c'est vrai, mais ce soir, il se révèle intéressant.

Je regarde Nash et je repense à ce qu'il m'a dit sur le banc. Nous n'avons pas parlé très longtemps : Taylor est venu nous chercher au bout de quelques minutes.

— Alors, Sam, action ou vérité ? demande Becca.

— Mmm... vérité.

— Bon... La première fois avec Nash... ç'a été comme tu te l'étais imaginé, ou décevant ?

Sam jette un coup d'œil à Nash, puis répond :

— Décevant.

Sa petite provocation est saluée par un éclat de rire général.

Le jeu continue quelque temps, entre vérités plus ou moins juteuses et actions souvent très embarrassantes.

— Oh, voilà mes amis !

Cameron s'approche en ricanant ; il tient à peine sur ses pieds.

— Je pensais que vous étiez déjà partis et que vous m'aviez abandonné ici, tout seul.

Il pousse Trevor pour se faire de la place et s'assoit en face de moi.

— Alors, Cameron…, dit Becca. Action ou vérité ?

— Vous êtes vraiment en train de jouer à ce truc de merde ? OK, OK… Action.

— Tu dois embrasser quelqu'un qui est assis à cette table, fait Becca en minaudant.

Elle doit être persuadée que le choix va tomber sur elle, vu que, à part elle, il n'y a que Sam et moi.

Cameron la regarde avec curiosité. Il essaie de se relever, mais dès qu'il est debout, il devient tout pâle et se rassoit.

— Cam, il faut que tu sortes. Tu n'es pas bien, dis-je.

Bizarrement, il m'écoute et se laisse entraîner à l'extérieur.

— Tu es soûl ! dis-je sur un ton de reproche. Tu as bu combien de verres ?

— Ce ne sont pas tes affaires, répond-il d'une voix pâteuse.

OK, je ne vais plus rien dire ! Je l'aide à s'asseoir sur un banc.

— Tu t'es bien amusée avec David ? demande-t-il.

— Tu rigoles ? Il faisait du cinéma pour rendre Susan jalouse.

— Imbécile…, marmonne-t-il. Je croyais qu'il se passait quelque chose entre vous…

— Non. Apparemment, il est dingue de Susan.

Il reste silencieux, le regard perdu dans le vide.

— Dommage que tu aies autant bu, tu as loupé un baiser de Becca…

— Oui, dommage… Ç'aurait été marrant de voir ta réaction d'*amie* jalouse.

— Tu es toujours aussi débile ! dis-je, à court de réplique.

Il se tourne vers moi.

— De toute façon, ce n'est pas elle, la fille que j'aurais voulu embrasser.

Il se penche en fixant ma bouche.

— Si j'étais pas aussi pété, en ce moment je serais en train de t'embrasser. Et tu aurais adoré. À la place, on va se contenter d'un petit bisou sur la joue, conclut-il en souriant.

Il écarte doucement mes cheveux et, d'un doigt, trace le contour de mon visage. Je frissonne. Le moment est si beau… Je n'ai pas envie de tout gâcher, alors je le laisse faire.

Tout doucement, il pose les lèvres sur ma joue, s'attardant quelques secondes. Il s'écarte quelques secondes, puis recommence.

Il poursuit ce supplice, descendant de plus en plus, jusqu'à arriver à mon cou. Là, il s'arrête.

— Je suis con d'avoir bu ! lâche-t-il, et il se tape le front avec le poing.

— Ben… oui, tu n'aurais pas dû.

Je cherche à reprendre mon souffle et à ralentir les battements de mon cœur.

Sam aussi a trop bu. En fin de soirée, nous sommes obligés de les reconduire chez eux.

Nous avons eu un mal fou à les extirper de la voiture et à les traîner à l'intérieur.

J'installe Sam dans son lit pendant que Trevor s'occupe de Cam. J'éteins la lampe de chevet, puis je sors de la pièce.

Cameron est moins docile. Je l'entends râler :

— Je n'ai pas besoin d'un baby-sitter, Trevor ! Je sais où est mon lit.

— Alors, débrouille-toi ! répond Trevor. Chris, je t'attends dans la voiture, dépêche-toi.

Je hoche la tête et dis à Cameron appuyée au chambranle de sa porte :

— Tu aurais quand même pu être plus sympa. Il voulait juste t'aider.

— Je n'ai pas besoin d'aide, surtout de la sienne, répond-il en s'allongeant.

Je fais mine de partir.

— Chris, attends.

Il s'assoit sur son lit et me fait signe d'approcher.

Je secoue la tête.

— Je ne mords pas, tu sais. Je veux juste un câlin, rigole-t-il.

Il se met debout et s'avance vers moi.

Lorsqu'il me prend dans ses bras, j'éprouve une étrange sensation de soulagement. Mon cœur bat si fort que j'ai peur qu'il puisse le sentir.

— Bonne nuit, mon cœur, chuchote-t-il.

— Bonne nuit, Cam.

Je sors vite de la pièce pour qu'il ne se rende pas compte que je suis sur le point de fondre en larmes.

27

— Bonjour, ma chérie ! dit ma mère en souriant.

Je grimace et passe la main dans mes cheveux ébouriffés.

— Ce n'est pas du tout un « bon jour ». J'ai un mal de crâne atroce !

Ça n'a pas été facile de me réveiller ce matin. Je suis rentrée à la maison à 3 heures.

— J'espère au moins que la fête était sympa, fait ma mère en me versant une tasse de thé.

— Oui, mais je me suis couchée super tard. Et j'ai rendez-vous avec Sam dans une demi-heure pour aller au centre. Une fois de retour, je vais me remettre au lit.

— Seulement quand tu auras travaillé. Tu dois t'appliquer pour avoir d'excellentes notes.

— Non mais, je rêve ! Vous êtes vraiment en train de parler de cours le dimanche matin ? soupire Kate, attablée devant son petit déjeuner.

Tout à coup, je m'aperçois de quelque chose d'étrange… Il manque quelqu'un.

— Où est…

À cet instant, j'entends la porte d'entrée s'ouvrir et se refermer. Papa traverse le couloir et, sans dire un mot, monte l'escalier.

— John l'a appelé ce matin, explique ma mère, le regard fixé sur sa tasse de café. Il voulait lui parler d'une chose importante.

Je saute sur mes pieds et fonce dans le bureau de papa. Il y a quelque chose qui ne colle pas dans cette histoire…

Je frappe deux fois sans obtenir de réponse, puis je pousse la porte.

Mon père, assis à sa table, examine une feuille avec attention.

— Combien de fois t'ai-je dit de ne pas entrer dans cette pièce sans mon autorisation ? lance-t-il, sans lever les yeux.

— J'ai frappé, mais tu n'as pas répondu.

— J'espère que tu ne le feras pas chaque fois que tu ne reçois pas de réponse.

— Que voulait M. Geller ?

Mon père baisse ses lunettes :

— Nous avons parlé des affaires habituelles. Des questions professionnelles, qui ne présentent aucun intérêt pour toi.

— Eh bien, si, ça m'intéresse. Il y a quelque chose qui ne va pas ?

— Pourquoi ? Chris, va droit au but. Tu es là pour un motif précis, non ?

— Tu t'absentes souvent du travail, tu te disputes avec maman, tu es toujours de mauvaise humeur. Qu'est-ce qui se passe, papa ?

Aucune réponse. Son expression est impénétrable.

— Alors ?

— Tu devrais cesser de te préoccuper de choses qui ne te regardent pas. Ta mère et moi sommes adultes, et en mesure de prendre soin de nous. Donc, reste en dehors de ça. Tu me remercieras quand tu auras compris. Maintenant, si ça ne t'ennuie pas, j'ai des affaires à régler.

Je sors de la pièce, mais je n'ai absolument pas l'intention de laisser tomber. À la première occasion, j'entrerai dans son antre pour fouiller dans sa paperasse, et je trouverai seule les réponses que je cherche.

Je descends dans ma chambre pour me préparer. Vingt minutes plus tard, je suis devant la villa des Geller.

La porte d'entrée s'ouvre, et je vois Sam qui marche vers moi, le portable collé à l'oreille.

— D'accord, dit-elle avant de raccrocher. Chris !

Elle m'embrasse.

— On y va ?

— Attends, ils arrivent dans trois secondes, dit-elle, comme si je pouvais deviner de qui elle parle.

— Qui ça ?

— Les voilà !

Une voiture s'arrête près de nous.

Je n'arrive pas à y croire. Elle se fiche de moi !

— Une minute, Sam ! Ça ne devait pas être une « journée entre filles » ?

— Tu n'aurais jamais accepté que Nash et Cam viennent avec nous. Je voulais aussi inviter Chloé...

mais comme vous ne vous êtes pas encore parlé, j'ai préféré ne rien lui dire.

— Sam, qu'est-ce que tu es en train de manigancer ? dis-je, inquiète.

— Rien ! Allez, viens. Ils nous attendent.

Elle me prend la main et m'entraîne avec elle.

La journée va être longue…

28

— Vous trouvez que ça me va bien ? demande Sam, qui tourne sur elle-même pour nous montrer une énième robe.

Le week-end prochain, les Geller vont au mariage d'une nièce, et Sam a organisé cette sortie pour avoir le plus d'avis possible sur la tenue qu'elle doit porter.

Toutes celles qu'elle a essayées jusque-là semblent faites exprès pour son corps menu. Et pourtant, elle a réussi à trouver un défaut à chacune, ce qui commence à sérieusement agacer Cameron.

— Non, cette couleur ne te va pas, commente Nash, qui l'examine avec attention.

— Tu plaisantes ? Cette robe est superbe. Allez, Sam, achète-la, on s'en va, dit Cameron.

Sam lui lance un regard de travers.

— Je vais écouter Nash, dit-elle avant de s'enfermer dans la cabine.

Nous sommes dans cette boutique depuis une heure et demie. C'est bien parti pour durer toute la journée…

— Non mais, je rêve ! « Non, cette couleur ne te va pas. » Tu ne pouvais pas lui dire qu'elle était très belle ? On serait déjà sortis de cette saleté de boutique, se plaint Cameron.

— Je n'ai pas l'habitude de mentir à ma petite amie, moi, réplique Nash. Chris, qu'est-ce qu'on fait après ?

Je sors de mon sac la liste des « choses à faire absolument aujourd'hui » écrite et imprimée par Sam.

— Sam et toi devez rencontrer une certaine Lily, dis-je.

— Ah oui ! Elle veut aller chercher ses chaussures à la boutique de Lily...

— Pourquoi elle se prend autant la tête pour un simple mariage ? lâche Cameron, excédé.

Sam sort de la cabine avec une autre petite robe qui lui va à merveille.

— Et celle-ci ?

Il suffit de regarder l'expression de Nash pour comprendre que c'est la bonne.

— Très belle, vraiment. On peut y aller maintenant ? lance Cameron sans même la regarder.

Nash se lève, pose les mains sur les hanches de Sam et lui chuchote quelque chose à l'oreille.

Je prends sa place à côté de Cam.

— Tu pourrais au moins faire semblant de t'intéresser ! dis-je.

— Impossible ! Je ne comprends pas pourquoi Sam s'excite autant pour ce mariage. Nous connaissons à peine Elizabeth !

Il se tourne vers Sam et Nash, qui s'embrassent tendrement.

— Hé, les amoureux, attendez d'être seuls pour faire vos cochonneries ! Bon, on peut y aller maintenant ?

Sam s'écarte de Nash, embarrassée, et court dans la cabine pour se changer.

— Lâche-nous un peu, mec ! proteste Nash. On était en train de parler de choses importantes.

Cameron éclate de rire.

— Oui, c'est ça…

Quelques minutes plus tard, Sam réapparaît, l'air satisfaite.

— Bien, on peut supprimer le poste « robe » de ma liste ! Maintenant, Nash et moi, on va récupérer mes chaussures. Toi, Chris, tu vas aider Cameron à choisir un costume pour le mariage, de préférence assorti à ma robe.

— Alors là, tu rêves ! réplique son frère. Un jean et une chemise, ça ira très bien.

Mais Sam ne l'écoute pas : elle est déjà en train de payer à la caisse.

— Sam a raison, Cam, dis-je. Tu vas à un mariage, tu dois t'habiller comme il faut, dis-je en me dirigeant vers le rayon hommes.

Cameron me suit en soupirant et continue à se lamenter comme un sale gosse.

Je lui indique une veste.

— Celle-là n'est pas mal du tout.

— Ah bon ? Pour moi, elles sont toutes pareilles.

— Tu pourrais collaborer un peu plus ! Plus tôt tu choisis, plus tôt on partira d'ici.

— Je n'ai pas envie de collaborer.

Je lui lance un regard furieux.

— Je crois que ce costume pourrait aller.

Je lui passe la veste et le pantalon.

— Va te changer. Moi, pendant ce temps, je cherche une chemise et une cravate.

— À vos ordres, chef ! lance-t-il en tirant le rideau de la cabine.

Pendant que je choisis les accessoires, je ne peux m'empêcher de penser aux lèvres parfaites de Cam, à son regard intense, à ce sourire qui me fait fondre chaque fois.

Je respire à fond et vais lui passer la chemise que j'ai choisie.

— Tiens. Et dépêche-toi !

Je me rends compte seulement maintenant qu'il est torse nu. Tandis que je le regarde enfiler la chemise, je sens l'air me manquer. Je dois sortir d'ici !

Je réussis à dire :

— Je t'attends dehors.

— Un instant ! Tu pourrais me faire le nœud de cravate ? demande-t-il en terminant de boutonner sa chemise.

Je m'adosse à la paroi de la cabine pour laisser le plus d'espace possible entre lui et moi. Me tenir près de lui serait trop dangereux…

— Je me sens ridicule, dit-il en se regardant dans le miroir.

Moi, je le trouve juste parfait…

— Qu'est-ce que tu en penses ?

Il se retourne brusquement vers moi.

— Je dirais que… ça te va très bien…

— Hé, qu'est-ce qu'il y a ? Tu es toute rouge.

Il effleure ma joue bouillante.

— Rien, je fais ton nœud de cravate, pour qu'on voie si ça va.

Il prend ma tête entre ses mains et continue de sourire, l'air amusé.

— Cam… je t'en prie…

Je m'écrase encore plus contre le mur, les yeux baissés pour ne pas voir ses lèvres et ses yeux.

— Chut !… murmure-t-il.

Il fait glisser l'index le long de ma joue jusqu'au menton, qu'il relève lentement pour croiser mon regard.

Ses lèvres sont comme des aimants ; je ne peux m'empêcher de les regarder tandis qu'il se les mordille avant d'approcher son visage du mien.

— Laisse-toi aller, mon cœur. Je sais que je te manque. Arrête de feindre que tu n'en as rien à faire de moi.

Dès que nos lèvres se touchent, je perds le contrôle de moi-même.

Nos bouches se cherchent ; notre respiration devient saccadée, nos baisers sont de plus en plus intenses. Tout serait parfait si nous n'étions pas enfermés dans une cabine d'essayage…

— Mon cœur, chuchote-t-il, tu m'as manqué.

Je lâche, à bout de souffle :

— Je déteste avoir autant envie de toi.

— Bientôt, tu ne détesteras plus cela, je te le promets, dit-il en déposant un petit baiser sur mon front.

Il s'écarte pour se regarder de nouveau dans le miroir et essayer de nouer sa cravate.

— Laisse-moi faire.

— D'accord, mais reste à une distance de sécurité, je ne suis pas sûr de pouvoir me contrôler.

— Voilà, fais-je une minute plus tard.

Il se retourne pour admirer son reflet :

— Ça ira, conclut-il.

Après avoir payé, on rejoint Sam et Nash à la plage.

Nous restons silencieux à regarder l'horizon.

— Cet été sera peut-être le dernier qu'on passera à Miami Beach. Qui sait où on sera l'année prochaine, soupire Sam.

— Rien ne dit qu'on ne sera pas ici, fait Cameron.

— Nash et moi, on ira sans doute dans une école d'art à New York, continue Sam.

— Si on est acceptés, intervient Nash.

— On le sera, tu vas voir. Les réponses des universités devraient arriver bientôt.

— En réalité... moi, j'ai déjà reçu la mienne, dis-je.

Tous trois se tournent brusquement vers moi, et je regrette ce que je viens de dire.

— Vraiment ? Et... ?

— J'ai été acceptée, dis-je à voix basse.

Sam bondit sur ses pieds et me serre contre elle.

— Félicitations !

Nash aussi me félicite.

— Tu vas retourner à Los Angeles, chez toi ! C'est génial. Je suis trop heureuse pour toi ! dit Sam, émue.

Je regarde Cameron : il a les yeux rivés au sol et les poings serrés.

Pendant tout le trajet de retour, Cameron est silencieux, absent. Il a l'air de se trouver sur une autre planète. Une fois devant chez lui, je lui demande si ça va.

Il hoche la tête et dépose un baiser sur mon front.

— À demain, murmure-t-il.

29

— La capitale du Mississippi ? demande ma mère tout en conduisant.

Ce matin, je me suis réveillée tard et j'ai dû sauter le petit déjeuner. Comme il pleuvait, j'ai réussi à convaincre ma mère de nous emmener au lycée toutes les deux, Kate et moi.

— Jackson, répond Kate.

Coincées dans les embouteillages matinaux, nous en sommes au même point depuis une vingtaine de minutes.

— Exact.

— Chris, à toi, dit Kate.

— Ne t'inquiète pas, l'éval se passera bien, tu sais tout, dis-je pour l'encourager.

Kate est très douée ; elle a toujours eu d'excellents résultats. Je ne comprends pas pourquoi elle panique.

— Ce n'est pas vrai. Vas-y, choisis un État au hasard.

— Ben… la Virginie ?

— Trop facile, Richmond.

Puis elle baisse les yeux sur son livre et répète à voix basse les caractéristiques des États.

Je regarde l'heure sur mon portable. Les cours commencent dans dix minutes, et nous n'avons pas quitté notre quartier.

Ma mère semble d'excellente humeur. Elle est bonne comédienne ; si je n'avais pas entendu sa discussion d'hier soir avec papa, j'aurais pu y croire. Je demande, mine de rien :

— Papa est allé au travail, aujourd'hui ?

Elle marque une petite pause avant de répondre :

— Oui.

Comme nous sommes arrivées au lycée avec une bonne demi-heure de retard, je n'ose pas entrer dans la salle. Tant pis pour le cours d'anglais !

Quand la cloche sonne, je vois Trevor et Taylor en sortir, suivis peu après par Becca, Sam et Cameron.

Hier matin, Cam n'avait pas l'air heureux que je sois admise à UCLA, et sincèrement, j'ai été déçue par sa réaction. Lui mieux que personne devrait savoir à quel point je souhaite retourner dans ma ville.

Je suis arrachée à mes pensées par une main qui passe devant mon visage.

— Planète Terre appelle Chris ! lance Taylor.

— Oh ! désolée…

— J'ai appris pour votre sortie à quatre d'hier, ricane-t-il. Sam a été géniale !

De quoi il se mêle ? Et surtout, pourquoi diable Sam lui en a-t-elle parlé ?

Trevor me regarde, l'air surpris. Évidemment, hier soir, quand il m'a appelée, je n'ai pas eu le courage de le lui dire. Je sais très bien qu'il n'approuve pas le fait que Cameron et moi soyons en train de nous rapprocher.

— Sortie à quatre ? fait-il.

— Eh ouais. Tu n'étais pas au courant ? Sam m'a dit qu'ils ont…, commence Taylor.

Je l'interromps.

— Tay, tu permets que je réponde ?

Si je le laisse faire, il va tout exagérer, et je ne veux pas que Trevor se fasse du souci pour moi.

— Alors ? dit Trevor.

Il croise les bras et prend une expression qui ne promet rien de bon.

— Hier matin, j'avais rendez-vous avec Sam. Mais sans me prévenir, elle a proposé à Cameron et à Nash de sortir avec nous.

— Ah… Et pourquoi tu ne m'en as pas parlé quand je t'ai appelée ? Je croyais que j'étais ton meilleur ami !

— Et tu l'es. C'est juste que… je ne pensais pas que c'était important, dis-je.

Il me lance un regard furieux.

— Vraiment ?

Taylor nous regarde l'un après l'autre, puis il se sauve en prétextant un rendez-vous urgent.

— Chris…, lâche Trevor.

Il respire à fond pour se calmer.

— Tu te rends compte ? Tu es en train de retomber dans le piège de ce taré !

— Je n'en savais rien ! Je n'y serais jamais allée si j'avais su que Cameron viendrait aussi.

— Il ne s'agit pas d'hier, mais de ce qui se passe depuis un moment. Franchement, il n'a pas eu beaucoup de mal à te faire changer d'idée sur lui…

Il dit cela d'une seule traite en évitant mon regard.

Je ne supporte pas quand Trevor se comporte ainsi. Même s'il est mon meilleur ami, je n'accepte pas qu'il me dise ce que je dois faire.

— Je n'ai pas changé d'idée sur lui, Trevor.

— Ouais. C'est pour ça que tu te laisses embobiner de nouveau ! crache-t-il.

J'en reste sans voix.

— Et ton amour-propre, Chris ? Il devrait t'aider à tourner la page une bonne fois pour toutes !

Une fois son discours terminé, il s'en va, me laissant seule au milieu du couloir.

Ses paroles m'ont blessée, et je me suis sentie stupide.

Je laisse vraiment Cameron faire ce qu'il veut ?

La cloche sonne de nouveau : éducation physique.

Quand j'arrive dans les vestiaires, les filles sont déjà en tenue.

— Aujourd'hui, on va jouer au basket, dit Sam. J'espère que je vais me retrouver dans la même équipe que mon frère ou Nash ou Taylor. Au moins, je serai sûre de ne pas toucher la balle : ils savent que je suis nulle !

— À propos de Taylor, tu peux m'expliquer pourquoi tu lui as dit qu'on est sorties avec Nash et Cameron hier ?

— Je n'aurais pas dû ?

— Trevor n'était pas au courant, et il l'a super mal pris.

— Ah bon ? Qu'est-ce que ça peut lui faire ? Ce n'est pas ton mec.

Non, mais c'est mon meilleur ami… En amitié, la sincérité est primordiale, et je me sens coupable de lui avoir caché la vérité.

— C'est vrai, mais tu aurais pu éviter d'en parler à tout le monde. Taylor aurait pu se faire des idées.

— Sois sincère, *Trevor* aurait pu se faire des idées. Tu as peur de l'avoir blessé, c'est ça ?

Sam sait que Trevor éprouve quelque chose pour moi, quelque chose qui va bien au-delà de l'amitié. C'est pour ça que je ne lui ai pas parlé de Cameron et de moi. Faire du mal à Trevor est ma plus grande crainte.

Pendant que nous marchons vers l'entrée du gymnase, Susan et ses copines nous dépassent en nous bousculant sans un mot d'excuse.

Chose bizarre, ces jours-ci, elle s'est bien comportée avec moi. Évidemment, quand je dis « bien comportée », cela signifie qu'elle m'a juste lancé un regard de travers de temps à autre et qu'elle ne m'a pas adressé la parole.

Là, elle se retourne et dit :

— Prête à être démolie, Evans ?

30

Dans le gymnase, les garçons sont déjà en train de marquer des paniers. Cameron, Nash, Matt et Taylor s'amusent comme des petits fous.

Chloé passe près de moi en traînant les pieds ; elle va voir la prof.

— Qu'est-ce qu'elle a ? fais-je, étonnée.

Elle a l'air de mauvais poil, ou fatiguée, je ne sais pas. C'est rare, de la voir dans cet état : d'habitude, elle est pleine d'entrain et d'énergie.

La prof acquiesce : Chloé s'assoit sur un banc dans un coin et commence à écrire sur son portable.

— Sur le terrain ! crie la prof.

Les chefs d'équipe commencent à désigner les personnes qui vont jouer avec eux. Heureusement pour moi, je suis avec Nash et Cameron. Taylor est à la tête de l'équipe adverse.

Dans la première partie du match, mon groupe semble déterminé à vaincre. Ils se déplacent tous en suivant le schéma proposé par Nash, et ils terminent *ex æquo*.

Pendant ce temps-là, assise avec Sam dans un coin du gymnase, je regarde le profil de nos camarades de classe sur les réseaux sociaux. Nash a pris la sage décision de ne pas m'envoyer sur le terrain...

— Regarde-le ! Pourquoi il est aussi photogénique, alors que moi j'ai l'air de sortir d'un film de zombis ? se lamente Sam.

Elle est en train de fixer une photo d'elle et de Nash qu'il a postée sur Instagram.

À cet instant, la prof donne un coup de sifflet. Je me retourne pour voir ce qui se passe : Susan est étendue par terre, immobile.

— Écartez-vous ! Rose, tout va bien ? s'inquiète la prof en se penchant sur elle.

— Je me suis juste fait une entorse. Arrêtez de me regarder tous ! Ashley, amène-moi à l'infirmerie, ordonne-t-elle à son amie, qui l'aide à se relever et à sortir du gymnase en sautillant.

— Evans, tu la remplaces, lance la prof.

— Mais... je suis dans l'équipe de Nash !

— Peu importe. Joue.

Je m'exécute à contrecœur. Taylor accourt pour me taper dans la main.

— Pardon pour toutes les erreurs que je vais faire..., dis-je en grimaçant

Nash attrape la balle et fonce vers notre panier en slalomant parmi mes coéquipiers.

Je lui barre le passage, en vain : il me dépasse sans problème. Il aurait marqué si Matt n'avait pas réussi à lui piquer le ballon au dernier moment.

Matt regarde autour de lui, coincé par Nash et un autre adversaire. J'espère qu'il n'aura pas l'idée de choisir une joueuse comme moi...

Loupé ! La balle rebondit par terre et termine dans mes mains.

Je commence à dribbler en courant aussi vite que je peux vers le panier adverse.

Je suis à la moitié du terrain lorsque Cameron m'arrête avec un sourire malicieux.

— Allez, mon cœur, passe-moi la balle. Tu sais très bien que je vais l'avoir.

— À ta place, je ne me sous-estimerais pas, dis-je en affichant une assurance que je n'ai pas.

Il continue de sourire, convaincu que me prendre la balle sera un jeu d'enfant.

— Laisse-toi faire, bébé.

Oh non ! J'ai trop envie de marquer, pour lui prouver que j'étais sérieuse. Je dois le distraire ! Sans cesser de dribbler, je me mets à me déplacer lentement autour de lui en fixant ses lèvres pour le troubler.

Tout à coup, je pivote et lance la balle de toutes mes forces. Panier !

Je n'arrive pas à y croire ! J'ai vraiment marqué ?

Je regarde Cameron : il secoue la tête en se passant la main dans les cheveux, impressionné.

— La prochaine fois, tu joues dans mon équipe ! décrète Nash à la fin du match. Je t'échange contre cet imbécile de Cameron qui se laisse avoir par un regard.

Sur ce, Nash nous laisse seuls.

— Eh ben…, lâche Cam. Mon cœur est devenu une attaquante sans scrupule ! C'est pas beau d'exploiter mes points faibles pour atteindre tes objectifs.

— J'ai eu un excellent prof en la matière…

Sans relever, il me caresse la joue.

— Tu me plais en version méchante, tu sais ? Change-toi, je t'attends devant les vestiaires.

— Pour… ?

— Pour aller manger un morceau. Je meurs de faim.

En entrant dans les vestiaires, je vois Sam, qui court vers son casier. Comme si je ne m'étais pas rendu compte qu'elle était en train d'écouter ma conversation avec Cameron…

— Sam, tu sais que c'est très moche d'espionner les gens ? dis-je en enlevant mon maillot.

— Oups… Oui, mais j'aime trop te voir avec mon frère !

Lorsque je sors, je vois Cameron appuyé à un casier.

— La voilà, ma *bad girl* ! Tu n'as pas honte ? Nash me reproche notre défaite, dit-il en m'entraînant vers les distributeurs automatiques.

— Il a raison ! Tu t'es vraiment laissé distraire ?

— Tu sais très bien que mon self-control et ma capacité de raisonnement tombent à l'eau dès que tu t'approches de moi.

— Menteur !

— Je ne plaisante pas.

Une fois nos barres de céréales achetées, je le suis dans la cour.

— Cam…

— Oui ?

— Je te signale que tu t'es approprié quelque chose qui m'appartient.

— Toi aussi, tu m'as dérobé quelque chose qui m'appartient, répond-il, l'air sérieux.

— Ah bon ? Et c'est quoi ?

— Mon cœur, dit-il.

Ce n'est absolument pas son style de dire des choses du genre.

— Désolé, la tentation d'imiter Matt était trop forte, se justifie-t-il pour dissimuler sa gêne.

— Cam, ma barre de céréales ! Rends-la-moi, j'ai épuisé mon énergie en marquant ce superbe panier. Je ne sais pas si tu vois de quoi je parle…

Il me restitue ma barre de céréales en soupirant.

— Tu es de bonne humeur aujourd'hui, observe-t-il.

— Toi aussi.

— Normal, tu m'as embrassé hier.

Au seul souvenir du baiser, je me sens fébrile.

— Alors, tu vas retourner à Los Angeles ? dit-il d'un ton grave, le regard rivé au sol.

— Probablement, oui… Oh ! regarde, les voilà.

Sam, Taylor et les autres nous font signe. Cam s'efforce de sourire.

— Je sais qu'hier, je n'en avais pas l'air, mais je suis très content pour toi. Je sais à quel point tu y tenais.

Tu parles !

— C'est gentil, Cam. De toute façon, il reste encore une année entière.

— C'est vrai… *juste* une année…

31

— Cameron, arrête !

Je n'aurais jamais dû m'asseoir avec lui, Taylor et Nash à table. Ils continuent de nous embêter, Sam et moi ; impossible de manger en paix.

— Celui-ci va droit dans le tee-shirt ! s'écrie Cam en m'envoyant un énième grain de raisin.

Sam rit tellement qu'elle recrache dans son verre l'eau qu'elle avait dans la bouche.

La journée est très sympa.

Cameron ne fait que plaisanter ; il ne me quitte pas d'une semelle.

La situation au sein du groupe d'amis est redevenue normale. Il ne reste qu'une personne à qui je n'ai pas parlé : Chloé. Elle me manque beaucoup.

L'unique fois où nous nous sommes adressé la parole, c'est quand elle m'a dit dans quel état se trouvait Cameron à cause de moi.

Je la cherche des yeux… Elle est assise à une table, seule, et regarde son portable avec tristesse.

J'aimerais savoir ce qui lui est arrivé. Mais ce serait bizarre si j'allais la voir maintenant pour lui demander comment elle va.

Taylor arrête Trevor, qui passe à côté de notre table :

— Hé, tu te mets avec nous ?

À son regard, je comprends que Trevor m'en veut encore de ma relation avec Cam.

— Non, merci, je préfère m'installer ailleurs.

Sur ce, il tourne les talons, laissant tout le monde bouche bée.

Je sens la colère monter. Je me lève et je m'apprête à lui agripper le bras quand il se retourne en soupirant :

— Qu'est-ce que tu veux ?

— Arrête, Trevor ! Peut-être que je ne fais pas ce qui est juste avec Cam, mais ça ne te regarde pas.

— Ce n'est ni le lieu ni le moment pour en parler, Chris. À plus tard, lance-t-il avant de s'en aller.

Je prends une profonde inspiration pour me calmer et vais rejoindre les autres.

— Ça va ? demande Cameron, l'air inquiet.

— Oui.

Je prends mon hamburger, puis je le repose sur mon assiette. Je n'ai plus d'appétit.

Cameron me touche délicatement la main.

— Tu es sûre ?

Une fourchette tombe par terre, nous faisant sursauter.

— Oh ! désolée, dit Sam. Continuez, je vous en prie.

— Beurk ! Vous êtes plus chou que les choux à la crème qu'on nous a servis aujourd'hui… et moi, je déteste les choux à la crème… Alors, pitié, ne vous donnez pas en spectacle, attendez d'être seuls, lance Taylor avec un air dégoûté.

Cameron retire sa main, et ce contact me manque aussitôt. C'est absurde, mais je me sens ainsi chaque fois qu'il s'éloigne : abandonnée.

La cloche sonne, me ramenant à la réalité. On se lève pour retourner en cours.

En fin de journée, j'ai hâte de rentrer à la maison.

Cameron me rejoint dans la cour.

— Enfin ! dit-il. Je pensais que tu avais décidé de dormir ici.

— Pourquoi, qu'est-ce qu'il y a ?

— J'avais juste besoin de toi, murmure-t-il en me serrant contre lui.

Je suis sans voix.

— Hé, le glandeur, on y va ? crie quelqu'un derrière lui.

C'est Becca, et elle n'a pas l'air contente.

Cam soupire.

— J'avais oublié…

Depuis quand Becca et lui sont-ils assez amis pour se donner des surnoms ?

— À demain, mon cœur, murmure-t-il, et il m'embrasse sur le front.

Puis ils partent ensemble. Bizarre…

Je décide de passer par l'arrière du lycée, dans l'espoir que la grille sera ouverte, pour arriver plus vite chez moi.

Devant le terrain de foot, je remarque une fille qui est en train de pleurer, assise sur un muret. C'est Chloé. Je n'y réfléchis pas à deux fois : je vais vers elle.

Je la prends dans mes bras.

— Chloé, qu'est-ce qu'il y a ?

— Il y a que je déteste les mecs ! Ils sont tous nuls. Qu'ils aillent se faire foutre !

Elle se lève et jette son portable sur le terrain.

Puis elle se rassoit près de moi, et commence nerveusement à arracher les brins d'herbe.

— « On se complète, toi et moi », dit-elle en imitant la voix de Jack. « La distance n'est rien en face de la force de notre amour. » « Tu es la meilleure chose qui me soit jamais arrivée. » « Je veux passer l'éternité avec toi. »

Comme je le craignais, la relation entre Jack et elle semble être arrivée au terminus.

— Et tu sais le plus drôle ? Hier matin, il m'a dit : « Je t'aime, mon cœur. J'ai hâte de te voir ! »

Je voudrais savoir ce qui s'est passé, mais je n'ose pas lui demander.

— Cette salope… je jure que si je la vois, je la tue. Je lui saute dessus et je la scalpe. Comment a-t-il pu me faire ça ?

Elle se tait quelques secondes avant de reprendre :

— Hier soir, Jack m'a envoyé un message. Il a écrit qu'il ne voulait plus être avec moi parce qu'il est tombé amoureux d'une autre. Et cette salope m'a aussi écrit en me demandant de rester loin de *son* Jack. Je ne sais pas quoi faire !

— Tu as essayé de l'appeler pour lui demander des explications ? Il ne peut pas te dire ce genre de chose par SMS ! C'est lâche ! Ça ne lui ressemble pas.

Elle se retourne pour regarder son portable sur le terrain de foot.

— Tu sais quoi ? S'il avait autre chose à me dire, il m'aurait rappelée. Ça n'a pas d'importance. Je surmonterai ça aussi, dit-elle en s'essuyant les yeux.

Sacrée nana… Elle a affronté des épreuves bien plus difficiles que la rupture avec Jack.

— Et toi, comment ça va ? demande-t-elle.

J'esquisse un sourire.

— Mieux.

Elle secoue la tête.

— Je n'arrive pas à croire que tu sois là… après tout ce que tu as vécu par ma faute.

— Laisse tomber, Chloé, je n'ai pas envie d'en parler.

— Tu as raison, pas la peine de ressasser cette merde. J'avais peur que tu ne nous pardonnes jamais… Crois-moi, Cameron t'aime comme il n'a jamais aimé personne. Vous êtes faits pour être ensemble, Chris. Et il a besoin de toi. Tu aurais dû voir dans quel état il était… On aurait dit qu'il avait perdu la tête.

Ses paroles ne font que confirmer que, malgré tout, ce qu'il y a eu entre Cameron et moi n'était pas qu'un mensonge.

32

Je consulte mon portable pour la dixième fois depuis que j'ai écrit à Trevor.

Je lui ai proposé qu'on se parle pour tirer les choses au clair une bonne fois pour toutes, et il ne m'a toujours pas répondu. Ça veut dire qu'il est en colère.

Les seuls messages que je reçois sont ceux de Sam, qui m'apprend que Becca et Cameron se sont enfermés dans la chambre.

« Je vais frapper pour les déranger. Je t'écris dans quelques minutes. »

Je réponds : « Ça ne m'intéresse pas ! » et j'éteins mon portable.

Assise au comptoir dans la cuisine, Kate est en train de réviser les maths. Je prends des oranges et je les coupe pour les presser.

— Pour moi aussi, s'il te plaît, dit-elle.

— Tu ne peux pas te les préparer toi-même ? je plaisante.

Elle me tire la langue et reprend ses révisions.

Il n'y a que nous deux à la maison… Moment idéal pour entrer dans le bureau de papa et fouiner dans ses papiers. Le problème est que la porte est fermée et que je ne sais pas où il planque la clé.

— Attention ! crie Kate.

Le jus d'orange a débordé du verre. Je prends une éponge et je nettoie le plan de cuisine.

Kate m'examine avec sérieux.

— Tu pensais à quoi ?

— À rien.

— C'est ça ! Je ne te crois pas.

— OK. Je pensais à papa. Je le trouve super bizarre ces derniers temps.

— Oui, je l'ai remarqué moi aussi. Il a toujours l'air dans les nuages. Quand il est à la maison, il reste enfermé dans son bureau à faire on ne sait quoi… Hier soir, j'y suis entrée en cachette, et je suis tombée sur ça, dit-elle en sortant quelques vieilles photos de son livre. Regarde comme elles sont belles ! C'est maman et papa à l'époque de l'université.

Je les prends et je les détaille.

La première, je l'avais déjà vue… Je me rappelle parfaitement le visage souriant de mes parents, des Geller et de cette jeune femme enceinte.

Je passe à la photo suivante, où il y a maman et papa dans les bras l'un de l'autre.

Sur la dernière se trouve un jeune couple que je ne connais pas.

— C'est qui ?

— Regarde au dos, fait Kate.

J'y découvre deux noms avec, à côté, la date de naissance et de décès.

Il s'agit sûrement des parents biologiques de Kate, morts dans un terrible accident de la route.

Kate a tout hérité de la superbe femme qu'on voit sur la photo. Elles ont les mêmes yeux, les mêmes lèvres fines, le même sourire radieux...

— Tu lui ressembles beaucoup.

— Vraiment ?

Kate se penche sur le cliché.

Je me demande pourquoi maman et papa n'ont jamais eu le courage de lui montrer cette photo.

— J'aurais aimé pouvoir passer ne serait-ce qu'une seule journée avec eux, les connaître..., chuchote ma sœur.

Je passe un bras autour de ses épaules.

— Ils seraient fiers de toi, Kate. Et ils remercieraient maman et papa de t'avoir élevée.

Kate sourit, reprend la photo et l'observe encore quelques secondes.

— Dis, fais-je, tu ne sais pas où papa garde la clé de son bureau ?

— Non. L'autre jour, j'ai réussi à entrer parce qu'il l'avait laissé ouvert. Mais on pourra le découvrir, il suffit de le garder à l'œil.

— Je voudrais savoir ce qu'il cache...

Elle sourit.

— Ce soir, je ne vais pas le lâcher des yeux ! En attendant, il vaut mieux que je me remette à bosser.

— OK. J'y vais, moi aussi.

Une fois dans ma chambre, j'allume mon portable : j'ai reçu trois SMS de Sam, et aucun de Trevor.

J'ignore les messages de Sam – je m'en fiche de Cameron et de Becca. Avant de me mettre au travail, je décide de prendre un bain chaud pour me détendre.

Plongée dans l'eau, je profite enfin d'un peu de calme. Pas très longtemps : j'entends un bruit de pas précipités.

— Chris, ouvre ! crie Kate.

Elle frappe frénétiquement à la porte.

Je sors de la baignoire, m'enveloppe dans une serviette et lui ouvre.

Kate me montre une coupure sur la paume de sa main et se rue vers le placard où sont rangés le désinfectant et les pansements.

— J'étais en train d'ouvrir un petit pain, et je me suis pratiquement transpercé la main !

Pendant que je lui mets un sparadrap sur la blessure, elle soupire :

— Je voulais juste manger un petit pain avec de la confiture !

Quelques minutes plus tard, je descends l'escalier en petite culotte et soutien-gorge, et j'entre dans ma chambre. Je pousse un hurlement.

— On dirait que c'est mon jour de chance ! lance Cameron, qui tient à la main le tee-shirt que j'avais laissé sur mon lit.

— Chris, ça va ? crie Kate.

— Oui, dis-je en refermant la porte derrière moi. Ça, ça s'appelle de la violation de domicile !

Je veux reprendre mon tee-shirt, mais Cameron le cache dans son dos.

— Ah non, laisse-moi profiter du spectacle !

Il parcourt mon corps du regard.

Je me précipite vers le placard pour prendre quelque chose et m'habiller.

— T'es pas sympa aujourd'hui, lâche Cam dans mon dos.

Il pose les mains sur mes hanches ; son souffle chaud me chatouille le cou.

Je frissonne.

— Et si on passait un pacte ? murmure-t-il au creux de mon oreille avant de me faire pivoter vers lui.

J'étouffe tout à coup. Cela faisait longtemps que je n'avais eu cette sensation…

— Toi, tu me pardonnes, et moi, je te rends ton tee-shirt.

— Tu parles d'un pacte ! je réussis à répondre.

Le fait qu'il soit aussi près de moi rend la situation difficile. En plus, Kate peut entrer dans ma chambre à tout moment…

— Alors ?

Il se penche vers ma bouche.

J'essaie de le repousser.

— Cam…

Comme si de rien n'était, il commence à me déposer des petits baisers sur la joue, me faisant presque défaillir.

— Depuis ce matin, je pense à toi. Si Becca ne m'avait pas cassé les pieds avec les révisions de philo, je serais venu ici bien plus tôt.

Je n'ai pas le temps de dire quoi que ce soit : ses lèvres se posent sur les miennes en un baiser qui me coupe le souffle. Je savais que tôt ou tard, on en arriverait là…

Sans se détacher de moi, Cam recule lentement. Il s'assoit sur le bord du lit et m'attire à lui. Puis il m'allonge et s'installe au-dessus de moi, appuyé sur les coudes.

Son front contre le mien, il murmure tendrement :

— Tu ne peux pas imaginer à quel point tu m'as manqué, mon cœur.

Mon bras se lève tout seul, et je caresse son visage.

— Toi aussi, tu m'as manqué.

— Tu ne l'as jamais enlevée, dit-il en effleurant la boucle d'oreille en noix de coco qu'il m'a offerte à Noël.

Il pose les lèvres sur mon cou et commence à me mitrailler de petits baisers précisément au moment où son portable se met à sonner.

— Oh, non ! fait-il.

Il prend l'appareil dans la poche de son jean et le pose sur le lit, sans vérifier qui l'appelle. Il se penche de nouveau sur moi.

— Cam, dis-je, c'est peut-être important.

Il soupire et décroche :

— Sam, qu'est-ce que tu veux ?

Je m'assois près de lui.

— Je te hais ! lance-t-il.

Il raccroche et se lève.

— Qu'est-ce qu'il y a ? je veux savoir.

— Sam est au centre commercial. Je dois aller la chercher parce qu'elle a raté le bus et qu'elle ne se sent pas bien. Merde !

— C'est un cas de force majeure, dis-je en essayant de cacher ma déception.

— Je te jure qu'elle va me le payer !

Je lui prends la main en me forçant à sourire.

— Ne lui en veux pas, elle n'a pas fait exprès !

— Oh ! Chris, ne souris pas comme ça… Tu n'imagines pas ce que je pourrais te faire…

Ses paroles m'arrachent un vrai sourire.

— Tu me provoques, c'est ça ? Tu as de la chance, il faut que j'y aille…

Il soupire et sort de la pièce par la fenêtre.

33

— Tiens ! dit Kate en me passant la clé du bureau de papa. Je te préviens, si tu te fais prendre, je vais jurer que je ne suis pas mêlée à cette affaire…

Je ne sais pas comment elle s'est débrouillée, en tout cas elle l'a trouvée.

Ce matin, papa, super énervé, courait en tous sens dans la maison et la cherchait partout : sous les coussins, les draps, parmi les vêtements, les serviettes de la salle de bains… Par chance, il n'a pas eu l'idée de faire les poches de ma sœur…

— Ne t'inquiète pas, il ne le saura jamais, dis-je.

Je planque la clé dans mon sac à dos, et je sors de chez moi.

Aujourd'hui aussi, je dois aller au lycée à pied. Ne pas avoir de voiture commence à me peser. J'ai essayé d'en parler à mes parents, et ils se sont mis à rire. Ils croient que je suis trop étourdie pour en avoir une…

Enfin, restons calme. Tant que je n'aurai pas mon propre véhicule, il faudra juste que je parte longtemps à l'avance pour aller en cours à pied ou en bus, ou alors espérer que quelqu'un m'emmènera.

En attendant que le feu passe au vert, je vérifie mes messages. Aucun SMS de Trevor. Je ne comprends pas… Il sait très bien que je déteste quand il ne répond pas ; on dirait qu'il le fait exprès.

Une fois au lycée, je remarque que ni sa moto ni sa voiture ne se trouve sur le parking. Bizarre…

— Chris !

Nash vient à ma rencontre.

— Tu ne saurais pas, par hasard, si Sam est déjà là ?

— Aucune idée, je viens d'arriver.

Il hoche la tête et sort une petite boîte bleue de sa poche. Il l'ouvre pour m'en montrer le contenu : une chaînette en argent avec un pendentif en forme de cœur.

— Tu crois que ça lui plaira ? demande-t-il.

— Bien sûr que oui. C'est magnifique !

Il remet la boîte dans sa poche et me fait signe de le suivre à l'intérieur.

— Ce soir, on va dîner dehors, et j'ai pensé que ce serait bien de lui faire un petit cadeau. Dis-moi la vérité, je suis ridicule ?

— Bien sûr que non ! Au contraire. C'est très romantique.

— J'ai peur qu'elle ne me rie au nez.

— Tu rigoles ? Il s'agit de Sam, pas de Susan !

— Merci, Chris ! dit-il, l'air rassuré. À plus tard.

Je suis en train d'ouvrir mon casier quand j'entends la voix de Cam :

— Bonjour, princesse !

— Tu as l'air de bonne humeur aujourd'hui, dis-je.

— C'est parce que j'ai passé un bon après-midi hier. Dommage que Sam ait appelé… Chris, ce soir, j'ai la maison pour moi, ça ne te dirait pas de venir ? On pourrait se voir un film.

— Je vais y penser…, dis-je d'un ton neutre pour cacher ma joie.

Cam fronce un sourcil et me regarde d'un air sérieux.

— J'ai des choses importantes à te dire… Et puis, je mérite une récompense pour avoir organisé la soirée de nos parents. Ils vont aller dîner ensemble.

— Mmm… Alors, d'accord.

— Là, c'est mieux ! chuchote-t-il en m'embrassant sur la joue. À plus tard !

Sur ce, il s'en va, laissant la place à Sam, qui s'arrête devant moi, bouche bée.

Ses yeux vont de moi à Cameron, puis s'arrêtent de nouveau sur moi.

— Eh ben… waouh ! balbutie-t-elle.

Je rougis à la pensée de la soirée que nous allons passer ensemble.

— Dis donc… On dirait que Geller a retrouvé sa bonne humeur ! lance Chloé, qui nous a rejointes.

Je ne réponds pas.

— Vous êtes de nouveau ensemble ? poursuit-elle avec curiosité.

— J'en sais rien…

— Mmm… Je parie que très bientôt on vous reverra vous balader dans les couloirs main dans la main, au grand bonheur de Susan, lance Chloé.

— Tout est possible.

Une fois dans la salle, je vois Trevor, qui évite mon regard. Il ne pourra pas jouer à ce jeu éternellement !

34

La sonnerie retentit, et Trevor sort de la salle sans m'avoir dit bonjour. Je n'y comprends rien !

Je ramasse mes affaires et je me précipite au-dehors, décidée à lui parler. Je n'ai pas l'intention de reporter éternellement cette discussion.

— Trevor !

Il continue à marcher en m'ignorant.

Je le rattrape et je lui agrippe le bras.

— Qu'est-ce que tu veux ? lâche-t-il, agacé.

— Te parler. Arrête ton cinéma ! Ça me fait mal.

Il éclate de rire.

— Ça te fait mal *à toi* ? Et pourquoi ?

— Je ne veux pas perdre mon meilleur ami.

Il libère son bras et secoue la tête. Puis il se retourne et s'élance vers la sortie.

Je le rattrape de nouveau – il ne va pas s'en sortir comme ça !

Il s'arrête et me regarde dans les yeux.

— Laisse-moi tranquille, Chris. J'ai de bonnes raisons de t'éviter.

— Non. Tu te comportes comme un idiot, Trevor.

Nous nous taisons tous les deux quelques secondes.

— Je suis désolée, je finis par dire. Je ne veux pas te perdre !

Il continue de me regarder en silence. Puis, tout à coup, il respire à fond et m'enlace.

— Cela n'arrivera pas. Chris, on en reparlera, je te le promets. Donne-moi juste quelques jours, là, je suis trop en colère.

Je me dégage.

— Je ne peux pas attendre, Trevor. Dis-moi ce qui se passe ! Je suis sûre qu'il ne s'agit pas seulement de Cameron.

— Chaque chose en son temps, Chris. Maintenant, excuse-moi, je dois y aller.

Il se retourne et s'en va.

Je respire pour me calmer. Je déteste quand il se renferme en lui-même et qu'il m'exclut de sa vie.

Quelqu'un attire mon attention en me touchant l'épaule. C'est Cam.

— Qu'est-ce qui s'est passé ? demande-t-il.

— Je n'ai pas envie d'en parler.

Il fronce les sourcils et me prend la main.

— Laisse tomber, Cam, ce n'est rien d'important.

— Dépêche ! On risque d'arriver en retard ! crie Becca, qui arrive en courant.

Cameron lève les yeux au ciel et soupire :

— Quel pot de colle, celle-là! Tu me raconteras tout ça plus tard…

— Alors, Cameron ! s'impatiente Becca.

Cam ne lui répond pas, les yeux fixés sur moi.

— Tu es à pied ?

Je hoche la tête.

— Viens, je te raccompagne en voiture, dit-il en m'entraînant vers le parking.

Becca nous suit.

— Il était temps ! Je n'ai qu'une heure et demie ; après, j'ai quelque chose de prévu !

Cameron continue à l'ignorer. Dès qu'il ouvre la portière, Becca s'installe dans sa voiture en râlant :

— Tu le fais exprès, hein ? C'est à cause d'hier ?

— Peut-être, fait Cameron.

— Tu exagères ! Je suis juste arrivée un peu tôt, et…

— J'ai passé trois heures à te faire comprendre un axiome de base ! la coupe Cameron. J'ai même sauté l'entraînement ! Tu trouves ça normal ?

Hou là ! C'est mal parti… Je monte le volume de la radio pour les empêcher de continuer à s'engueuler.

Une fois devant chez moi, j'ouvre la portière pour descendre, mais Cameron m'arrête :

— Et mon bisou ?

Il se penche vers moi et m'embrasse sur la joue.

— À ce soir, mon cœur.

J'entre chez moi, et avant de me glisser dans le bureau de papa, je m'assure que je suis bien seule.

— Maman ? Papa ?

Aucune réponse. Vite, je monte l'escalier… Une fois à l'intérieur, je commence à fouiller.

Sur le bureau, il y a des feuilles où sont écrits les noms de plusieurs États barrés d'un trait, quelques vieilles photos de la fac, et un post-it avec des numéros de téléphone. Quant au reste, rien d'intéressant, juste des contrats et des documents relatifs aux chantiers navals.

Et si ce présumé mystère n'était que le fruit de mon imagination ? Peut-être que la mauvaise humeur de papa est juste due au stress de son travail...

Dans le doute, j'examine les classeurs de sa bibliothèque. Certains contiennent de vieilles photos de Kate et moi quand on était petites, d'autres sont marqués d'une simple lettre, d'autres encore sont répartis par États... Intriguée, je sors celui où est indiqué « Alabama ». Il contient des feuilles où sont notés des numéros de portable et des déplacements... accomplis par qui ? En outre, il y a des clichés très flous pris par des caméras de vidéosurveillance, où on aperçoit une silhouette dont il est impossible de distinguer les traits, juste une ombre noire près d'une voiture garée devant un restoroute.

Je pose le classeur par terre et j'en prends un autre, celui de la Géorgie.

J'en parcours rapidement le contenu ; je m'arrête sur les photos. Cette fois, la silhouette est plus nette. Un soupçon s'insinue dans mon esprit...

Sur la dernière photo, on distingue parfaitement *son regard* et *la voiture*.

Ça alors ! Mon père enquête sur... Austin ?

Je me rappelle très bien la réaction de mes parents au récit des événements ce soir-là... le soir de mon anniversaire.

Ma mère était en larmes ; mon père, impassible, presque indifférent. Il m'a seulement dit : « Tôt ou tard, il paiera pour ce qu'il a fait. Maintenant, la seule chose qui compte, c'est que tu sois saine et sauve. » Après, nous n'en avons plus parlé.

Je n'arrive pas à croire qu'Austin ait réussi à quitter la Floride et à se cacher dans un autre État…

Je remets le classeur à sa place. Je regarde autour de moi : je dois laisser la pièce exactement comme je l'ai trouvée. Je referme la porte à clé.

— Chris, tu es là ?

Kate m'appelle depuis le rez-de-chaussée.

Je prends ma respiration.

— Oui !

— Tu as trouvé quelque chose ?

— Oui, malheureusement.

35

Kate n'a pas envie de rester seule à la maison, et j'avoue que pendant quelques secondes j'ai pensé reporter la soirée avec Cameron, mais je ne peux ni ne veux le faire. Et encore moins l'emmener avec moi, comme elle vient de me le demander…

— Cameron a organisé la soirée juste pour nous deux, je lui explique.

— Mmm… Une soirée pour vous deux. Seuls. Maman, tu lui fais confiance, toi ? Tu ne t'inquiètes même pas un peu ? demande cette traîtresse.

— Kate… ne recommence pas ! répond ma mère. Cameron est un gentil garçon, et j'ai entièrement confiance en lui.

Kate lève les yeux au ciel : à ce stade, il ne lui reste qu'à se consoler en invitant des amies à la maison.

À 20 heures pile, je frappe à la porte des Geller.

— S'il te plaît, coupe ton portable, dit Cameron après m'avoir fait la bise. On va regarder un film, je ne veux pas que quelqu'un nous dérange.

Il me prend la main et m'entraîne sur le canapé du salon. Il éteint les lumières. Aussitôt, le générique d'un de mes films préférés commence à défiler sur le gigantesque écran.

Je m'exclame, surprise :

— *Si je reste* !

— Alors ? Bon choix ?

Il passe un bras autour de mes épaules pour m'attirer tout près de lui.

— Oui ! J'adore ce film !

C'est un moment génial : Cam et moi, serrés fort l'un contre l'autre, en train de regarder une histoire d'amour poignante et romantique. Je suis heureuse et comblée comme cela ne m'était pas arrivé depuis très longtemps... Est-ce ça, le bonheur ?

Puis, soudain, mon esprit se met à vagabonder... Je me retrouve à penser à Trevor, en me demandant pourquoi il s'est éloigné de moi.

— Tout va bien ? veut savoir Cameron. Tu as l'air absente...

— Ne t'inquiète pas, tout est OK.

Il met le film sur pause.

— Chris, murmure-t-il. S'il y avait quelque chose qui n'allait pas, tu me le dirais, n'est-ce pas ?

Je ne veux pas lui mentir.

— Je sais que ce n'est pas le moment de t'en parler, mais je suis inquiète pour Trevor. On a...

— Oui, je sais. Nash m'a mis au courant. Il croit que je ne suis pas fait pour toi et que je t'utilise encore... Mais ce n'est pas vrai ! Tu peux me faire confiance. Je t'ai déjà perdue une fois, je n'ai pas l'intention de revivre ça. Donne-moi une dernière chance ; je te promets que cette fois-ci tout sera parfait.

J'essaie de dire quelque chose, mais il m'en empêche en faisant doucement glisser un doigt sur mes lèvres.

— Chut ! Viens, je vais te montrer quelque chose, dit-il en m'entraînant à l'étage.

Une fois devant la porte de sa chambre, il se place derrière moi pour me couvrir les yeux de ses mains.

Il ouvre la porte et me pousse légèrement en avant. Puis il retire les mains… Incroyable : la chambre de Cameron est métamorphosée ! Des petites bougies ont été disposées partout, des pétales de roses éparpillés sur le lit ; on entend une musique très douce en fond sonore.

Cameron me met une chaînette autour du cou. Je n'en crois pas mes yeux : c'est celle qu'il m'avait offerte le jour de mon anniversaire !

Comment a-t-il fait pour l'avoir ? À mon retour de Charleston, je l'avais jetée.

— Kate l'a trouvée dans ta corbeille ; elle est venue ici pour me la rendre et me dire que je méritais ce qui m'arrivait. Elle voulait que ce bijou me rappelle que par ma stupidité j'avais tout gâché.

Je n'arrive pas à croire que ma petite sœur ait eu le courage de faire une telle chose…

— Ses paroles m'ont fait réfléchir… Chris, j'étais désespéré, j'ai pensé t'avoir perdue pour toujours.

Je lui caresse le visage.

— J'ai vraiment essayé de t'oublier, de t'effacer de ma vie, mais je n'ai pas réussi… J'ai besoin de toi, Cam.

— Je suis désolé. Pardonne-moi, Chris. Et sache que sur mes sentiments pour toi, je n'ai jamais menti. *Jamais*.

36

— Regarde où tu vas, imbécile ! crie Cameron.

Il freine brutalement pour éviter un piéton qui a traversé au rouge.

— Tout va bien ? me demande-t-il en me prenant la main.

La semaine est passée à une vitesse incroyable. Nous sommes de nouveau ensemble, et rien ni personne ne peut nous séparer : ni Susan avec ses regards noirs ni Becca, qui ces derniers temps n'arrête pas de tourner autour de Cameron pour ses cours de philo.

Je regarde Cam : il a l'air soucieux.

Il doit penser au match de ce soir.

— Tout ira bien, ne t'en fais pas, dis-je en lui caressant les doigts.

Il se contente de me serrer la main.

Le parking du lycée est plein à craquer : les matchs de foot sont très suivis.

Sam vient à notre rencontre.

— Vous voilà enfin ! Dépêche-toi, Cam, l'équipe t'attend. L'entraîneur est en train de présenter le schéma de jeu.

— Oh non ! lance Cam en s'élançant vers les vestiaires. À plus tard !

— Viens, Chris, dit Sam, Chloé nous a gardé des places sur les gradins.

Les pom-pom girls sont déjà sur le terrain.

— Hé ! crie Chloé de loin, euphorique. Je suis prise à Yale !

Ça alors ! Yale figure parmi les universités les plus prestigieuses au monde, il est très difficile d'y être admis. Mais Chloé a toujours été super douée pour les études, j'étais sûre qu'elle y arriverait.

— Génial ! lui dis-je, et je la serre fort dans mes bras.

— J'ai du mal à y croire ! Adieu Miami !

— Je savais bien que tu réussirais ! déclare Sam tandis qu'on se dirige vers nos places au premier rang.

Les pom-pom girls sont en train de s'échauffer. Le match commence dans une demi-heure. Je me demande dans quel état d'esprit est Cameron en ce moment : il était tellement nerveux dans la voiture…

— Tout le monde a reçu la réponse de son université…, s'écrie Sam. Pourquoi pas moi ? La mienne n'est même pas tellement demandée…

— Ce n'est qu'une question de temps. Il y a plein de gens qui attendent toujours.

— Pas Cameron. Il est pris à Brown, continue Sam.

Quoi ? J'en reste bouche bée. Il ne m'a jamais dit qu'il avait postulé là-bas. Rhode Island est très loin ; je croyais qu'il voulait rester à Miami pour le reste de sa vie. Pourquoi me l'a-t-il caché ?

— Brown ? Et quand l'a-t-il su ?

Sam écarquille les yeux et se couvre la bouche de la main.

— Il va m'étrangler ! gémit-elle. Chris, ne lui dis pas que tu l'as appris par moi.

Je n'arrive pas à comprendre pourquoi Cameron m'a caché une telle chose. Cette semaine, on a passé beaucoup de temps ensemble, les moments pour me le dire n'ont pas manqué.

— Qu'est-ce qu'il y a ? fait Chloé, qui est en train de regarder le groupe des pom-pom girls.

Susan crie et agite les mains, expliquant quelque chose aux pauvres filles qu'elle dirige. Tout à coup, elle s'élance vers nous. Elle fait signe à Chloé de la rejoindre.

— Il a reçu la lettre mercredi, murmure Sam.

— Mais pourquoi il ne me l'a pas annoncé ?

— Il va me tuer, mais tant pis, je vais te le dire. Tu dois le savoir, aussi parce que tu es la seule qui puisse le faire changer d'idée. Il a l'intention de renoncer, alors qu'il rêve de fréquenter cette université depuis toujours.

— Quoi ? fais-je, stupéfaite.

Comment peut-on renoncer à une telle opportunité ? Brown est une université importante. Cam ne peut pas, *ne doit pas* le faire.

— Tu as bien entendu. Il a l'intention de faire pareil avec les autres universités où il a envoyé sa candidature.

— Mais ?

— Pour rester près de toi, Chris. Il va renoncer à l'université de ses rêves pour toi, explique Sam.

Je ne me serais jamais attendue à ça de sa part. Il ne peut pas tirer un trait sur son avenir pour nous !

— Il veut essayer d'entrer à la même fac que toi.

— Mais c'est trop tard, on ne peut plus rien faire !

— Je sais. En fait, nous sommes tous inquiets pour lui. Chris, je sais que c'est moche de te le demander, vu que vous êtes de nouveau ensemble mais…

— Sam, je vais lui en parler. Je ne peux pas permettre qu'il fasse un choix aussi stupide !

Je convaincrai Cameron que les études supérieures, c'est trop important pour qu'il y renonce à cause de moi. C'est de la folie !

— Euh… les filles, je crois que je nous ai fourrées dans le pétrin, lâche Chloé en revenant.

— Dépêchez-vous ! On n'a pas beaucoup de temps ! crie Susan, les yeux tournés vers nous.

Qu'est-ce qu'il lui arrive ?

— Hé, une minute, OK ? répond Chloé.

Pendant que Susan court rejoindre ses camarades, elle nous explique :

— Elle a besoin d'aide : ce soir, il manque cinq pom-pom. Comme je me sens un peu coupable de l'avoir accusée dans l'histoire de Carly, ce serait sympa de lui donner un coup de main… J'ai pensé que… ben, en fait… on pourrait y aller toutes les trois, non ? Il n'y a rien de difficile là-dedans, nous supplie-t-elle.

Non, non et encore non ! Pas question de me ridiculiser devant tout le lycée, et surtout devant Cam !

— Ça sera sans moi, Chloé, dis-je en me levant. Je ne suis pas capable de faire ce genre de trucs.

— Mais ce n'est pas compliqué ! Sam et toi, vous aurez juste à sautiller sur place et à agiter les pompons, cachées par les autres, pour donner l'impression que l'équipe est au complet, insiste-t-elle.

Cachée ou pas, ma réponse est toujours non.

— En réalité, j'ai toujours rêvé de porter au moins une fois l'uniforme des pom-pom, murmure Sam.

Je lui jette un regard assassin : je n'arrive pas à croire qu'elle soit en train de céder !

— Allez, Chris ! Pense à la tête de Cameron quand il te verra en mini-jupe, lance-t-elle, et elle me fait un clin d'œil.

— Je pense à sa tête s'il me voyait me ridiculiser devant tous les copains ! Il se moquerait de moi jusqu'à la fin de mes jours !

Susan continue de nous regarder, et dès que Chloé se retourne, elle lui fait des gestes pour lui faire comprendre qu'il faut nous dépêcher.

— J'ai besoin de vous, insiste Chloé. Je vous en prie. Chris, fais-le, au moins pour Kate.

J'espérais de tout mon cœur qu'elle n'allait pas invoquer cette excuse. Cet après-midi, Kate s'est tout à coup sentie mal : je me demande si elle n'a pas fait semblant pour ne pas participer au numéro de ce soir…

Chloé nous attrape par les poignets et nous entraîne vers les vestiaires. Inutile de résister…

J'enfile l'uniforme en soupirant. La jupe est tellement courte qu'il suffira d'un saut pour que tout le monde voie ma culotte.

— Waouh, je suis une pom-pom girl ! exulte Sam, qui agite les pompons en souriant jusqu'aux oreilles.

— Vous êtes super ! lance Chloé. Allons-y, sinon cette hystérique de Susan va péter un plomb.

Du terrain, la vue sur les gradins est effrayante : comment font les joueurs et les pom-pom pour supporter ces regards ?

— Oh, merde, Chloé ! Quand je t'ai dit « amène-moi deux copines », je croyais que tu avais compris que je ne parlais pas d'Evans !

Je hausse les épaules et me mets à imiter les autres, qui sont en train de s'échauffer. Tandis que je sautille maladroitement en levant les bras, je constate que Sam est parfaitement à son aise dans ce rôle ridicule.

Tout à coup, quelqu'un m'attrape par la taille, m'arrachant un cri de surprise. Je me retourne : c'est Cameron. Il rit aux éclats.

— Waouh ! Cet uniforme te va super bien ! J'aimerais que tu le portes plus souvent, dit-il en m'embrassant sur la joue.

— Je le déteste ! La jupe est trop courte, on voit tout.

— C'est bien pour ça que j'aimerais que tu le portes plus souvent…

37

Pendant l'échauffement, tandis que Susan hurle : « Allez, allez, on lève les jambes ! », je reste immobile. Je refuse de m'exhiber de cette manière.

Il y a plein de filles au lycée qui auraient adoré être à ma place. Pourquoi Chloé a-t-elle choisi la moins douée pour faire ce genre de choses, c'est-à-dire moi ?

Elle et Sam, en revanche, exécutent ces chorégraphies débiles sans aucun effort.

Pendant ce temps, les joueurs aussi font des échauffements et courent autour du stade.

Chaque fois que mon regard croise celui de Cameron, il sourit – je suppose que c'est pour m'encourager – mais le problème, c'est que mon envie de jouer les idiotes en sautillant est égale à zéro.

— Evans ! crie Susan. Tu ferais bien de t'échauffer comme les autres, au lieu de regarder les joueurs. C'est une journée importante ! Essaie de faire ce que je t'ai dit : saute sur place et suis les mouvements du groupe. Tu crois que tu pourras y arriver, ou c'est trop difficile ?

Je ne lui réponds même pas.

Dès que les pom-pom girls et les joueurs de l'équipe adverse entrent sur le terrain, tous les fixent comme si c'étaient des célébrités.

Je demande à Sam :

— Et c'est qui, les autres ?

— L'équipe de foot la plus forte de tout Miami ! Notre lycée n'a jamais réussi à les battre.

— Préparez-vous ! crie Susan. Evans et Samantha, vous êtes sur la ligne externe. Souriez ! Evans, je te préviens, si tu gâches tout, tu me le paieras.

Je m'approche de Cameron, qui, assis sur l'herbe, à l'écart de ses camarades, regarde l'équipe adverse avec inquiétude.

Je m'installe près de lui.

— Cam…

— On n'y arrivera jamais, lâche-t-il, en se massant les muscles des épaules.

— Ne sois pas pessimiste ! Si tu le penses, ça *se passera* comme ça. Concentre-toi, ne lâche rien ! Dis-toi que c'est un match comme un autre, et qu'il est tout à fait possible de les battre.

— Essaie de te concentrer quand tu sais que ton rival est dix mille fois plus fort… Et surtout quand ta nana porte la jupette d'une pom-pom et que tout le lycée est là à mater ses fesses.

L'arbitre siffle : c'est à nous !

— Souhaite-moi bonne chance.

Cam me prend le visage entre ses mains et m'embrasse sur les lèvres.

— Bonne chance, mon cœur, chuchote-t-il. Attention à ne pas te faire mal.

Je me mets à ma place et je respire à fond.

Les filles commencent à crier… Personne ne m'a dit que je devais apprendre cette stupide rengaine que les pom-pom hurlent pendant les matchs. Je me contente de bouger les lèvres sans émettre de sons ; personne ne se rendra compte que je fais semblant.

Quand le show se termine enfin, c'est un vrai soulagement. Nous saluons le public et laissons le terrain aux joueurs.

Nous nous installons sur les bancs tandis que les garçons se dispersent.

Cameron, qui est au milieu du terrain, se tourne vers moi pour me sourire.

— Ça, c'est de l'amour ! dit Sam en nous montrant son portable.

C'est une photo de Cameron et moi, assis par terre. Nous nous sourions en nous regardant dans les yeux.

— Sam, c'est du harcèlement ! je proteste.

Sans me demander mon avis, elle passe son téléphone aux autres pom-pom girls.

— Tu es une sacrée veinarde, Evans, commente Susan. Il n'a jamais regardé une fille de cette manière.

J'en reste bouche bée. Susan serait-elle en train de se rendre compte qu'elle doit renoncer à lui pour toujours ?

— J'envoie la photo à Cameron, dit Sam. Je veux voir sa réaction quand il la verra à la fin du match. Ça le consolera après la défaite !

Un nouveau coup de sifflet de l'arbitre annonce le début du match. Je m'aperçois que Susan et Cameron s'échangent un signe.

Elle se lève et marche le long du terrain sans quitter des yeux un joueur de l'équipe adverse, puis fait un autre signe à Cameron.

Est-ce une tactique pour aider notre équipe à repérer les points faibles des autres ?

Tout à coup, j'entends des cris. Taylor est étendu par terre au milieu du terrain ; il se tient la cheville.

— C'est la fin ! lâche Chloé, qui se couvre le visage.

Le garçon qui lui a foncé dedans rigole et tape dans la main d'un de ses coéquipiers.

Cameron le pousse violemment en lui criant quelque chose que je ne comprends pas.

— Cameron, cool ! Ils veulent te provoquer, lance Susan, qui court le rejoindre.

Je décide de la suivre pour le raisonner. On dirait qu'il a complètement perdu la tête.

Pendant ce temps, Taylor continue de gémir.

— Tu l'as fait exprès, idiot ! s'emporte Cameron.

— Tu te prends pour qui ? Tu sais à qui tu parles ? répond celui qui a commis la faute.

Cameron l'attrape par le maillot.

— Oui, à un con qui va recevoir un bon coup de poing dans la gueule !

— Tu es devenu fou, Geller ? Tu veux être expulsé ? intervient Susan.

— Sors du terrain ! répond celui-ci.

— Cam, Susan a raison. C'est de la provocation !

Il n'a pas l'air de me voir. Il continue de fixer l'autre comme s'il voulait le tuer sur-le-champ.

— Cam…

Je prends son visage entre mes mains et l'oblige à me regarder dans les yeux.

— Laisse tomber, ou tu vas t'attirer des ennuis !

Cette fois, il acquiesce avant de s'éloigner.

Le match continue sans Taylor et se conclut, exactement comme Cam l'avait prévu, par un échec cuisant de notre équipe.

38

— Salaud !

Cameron assène un coup de poing dans le casier du vestiaire.

Il n'y reste plus que nous deux, les autres sont partis depuis un bon moment.

— Cam, calme-toi ! Ce n'est qu'un match.

— Sale con ! crie-t-il de nouveau en enlevant son maillot.

Je comprends qu'un 6-0 soit difficile à avaler, mais il devrait tout de même pouvoir s'en remettre…

Je lui prends la main.

— Tout va bien, ne t'en fais pas. Viens, on rentre ! Ils nous attendent.

Ma mère est sur les nerfs depuis hier : ce soir les Geller viennent dîner chez nous. Demain matin, ils partent pour Orlando, assister au mariage de leur nièce, alors leur dîner habituel du week-end a été avancé au vendredi.

Toujours furieux, Cam claque la porte des douches du vestiaire. Qu'est-ce qu'il m'énerve quand il se comporte comme ça !

Je sors dans la cour pour me calmer et tandis que je cherche un banc je vois mon père qui parle avec une femme aux cheveux blond cendré.

Que fait-il ici ? Et qui est cette inconnue ?

Quand je les vois éclater de rire et s'enlacer, je décide de les rejoindre pour découvrir ce qui se passe.

— Chris ! s'écrie mon père.

Je reste impassible.

— Salut, dis-je, impassible.

— Alors, c'est toi, Chris ! Je suis ravie de te rencontrer enfin. Simon m'a beaucoup parlé de toi, dit la femme en souriant.

Elle me rappelle quelqu'un… mais qui ?

— Chris, je te présente Jennifer, fait mon père, une amie de l'université.

Je continue de l'observer et quand je croise ses yeux verts, je me rappelle où je l'ai vue ! C'est la femme enceinte sur la photo que Kate a trouvée dans le bureau de papa.

— Papa, qu'est-ce que tu fais là ?

— J'ai accompagné Kate, qui a oublié des affaires dans son casier.

Dire que ma sœur se prétendait malade !

— Ç'a été un plaisir de te revoir, Simon, lance la femme, et de faire la connaissance de Chris.

Mon père lui adresse un sourire qui ne fait qu'alimenter mes doutes. J'ai la sensation que cette femme est une personne importante pour lui.

Après lui avoir adressé un signe d'adieu, papa se tourne vers Cam, qui vient de nous rejoindre.

— Cam ! Comment s'est passé le match ?

— Ça n'aurait pas pu être pire, répond Cam en rangeant son sac de sport dans la voiture.

— Ne t'en fais pas, champion, ce sera mieux la prochaine fois ! On se voit à la maison.

Sans quitter papa des yeux, je monte dans la voiture de Cam et je claque fort la portière.

— Ça va ? demande-t-il.

— Oui, dis-je, énervée.

— Si tu es en colère contre moi, je suis désolé… Le fait est que je déteste perdre, explique-t-il en se passant la main dans les cheveux.

Je l'ignore et je prends mon portable pour écrire un message à Kate.

— Chris ? insiste Cameron.

— J'ai compris !

— D'accord ! fait-il en accélérant.

Une fois devant la maison, je vois la voiture des Geller et le scooter de Sam garés dans l'allée.

Je file dans ma chambre fermer la fenêtre pour éviter que la fumée du barbecue imprègne la pièce. Ils se trouvent tous dans le jardin. Je vois mon père, qui enlace maman comme si de rien n'était. Peut-être suis-je paranoïaque… mais je suis troublée par l'histoire d'Austin et l'apparition de cette « amie » de papa.

Je m'étends sur mon lit et je prends mon portable pour écouter de la musique.

Bercée par les notes de « In My Veins », je repense à tout ce qui a changé en si peu de temps…

La porte de ma chambre s'ouvre brusquement, et Cameron entre sans frapper.

— Hé…, chuchote-t-il.

— Hé…, dis-je en écho tout en continuant à écouter les paroles d'Andrew Belle.

— Je m'inquiétais pour toi, dit Cam. Ça va ?

Il s'allonge près de moi et me pique un écouteur.

— Oui, j'avais juste envie de rester un peu seule.

— Ça n'a pas été un bon jour, continue-t-il en me prenant la main, mis à part le moment où tu as mis l'uniforme des pom-pom.

— Cam, pourquoi ne m'as-tu pas dit que tu as reçu la réponse de Brown ?

J'y ai beaucoup pensé, mais l'occasion de lui en parler ne s'était pas présentée jusque-là.

— Je vois que Sam ne sait pas tenir sa langue…

Je tourne la tête vers lui.

— Cam, je ne veux pas que tu refuses pour moi.

— Tu ne peux pas me dire ce que je dois faire, Chris.

— Et toi, tu ne peux pas y renoncer. Tu perdras une année en attendant la réponse d'une autre université ! C'est de la folie, je t'en prie, ne le fais pas. Tu sais combien de gens rêvent d'étudier à Brown ?

— Je m'en fiche, Chris ! Tu sais ce que je perds si je décide d'y aller ? La fille que j'aime, la seule qui me rende heureux, répond-il en se levant.

— Justement : tu ne me perdras pas. Tu crois vraiment que notre relation pourrait se terminer seulement parce que nous allons étudier dans deux villes différentes ? dis-je en m'efforçant de sourire.

— Nous nous trouverons à deux extrémités opposées des États-Unis ! Tu sais très bien que, si j'acceptais, ce serait fini entre nous. Je ne veux pas passer le reste de ma vie à me demander comment ça se serait passé si j'étais resté près de toi.

— Nous sommes faits pour être ensemble, Cam ! Prends un peu de temps pour y réfléchir, ne refuse pas tout de suite. Nous avons toute l'année devant nous. Il existe tant de moyens pour garder le contact ! Ce n'est pas la distance qui nous éloignera.

Je l'étreins.

— J'ai peur de te perdre, chuchote-t-il en me caressant doucement le dos.

— Cela n'arrivera pas, Cam. Je te le promets.

39

Se réveiller le dimanche matin sans la sonnerie du réveil est la chose la plus belle au monde. Surtout quand on découvre que c'est une journée splendide.

Hier, je ne suis pas sortie de chez moi. Chloé m'avait invitée à aller au ciné avec les autres, mais papa n'a pas voulu. Il continue de se comporter de manière bizarre… Cela faisait longtemps qu'il ne m'avait refusé l'autorisation de sortir. Ces derniers jours, il a aussi l'air plus tendu et pensif…

Quand j'ouvre la porte, attirée par la bonne odeur des pancakes, je vois les Geller qui parlent avec maman et papa dans l'entrée. Je ne pensais pas qu'ils reviendraient aussi vite de leur mariage.

Je retourne dans ma chambre pour m'habiller convenablement, et quand je ressors, Cameron me rejoint. Je lui saute dans les bras.

Il me serre fort contre lui.

— Tu m'as manqué, mon cœur.

— Toi aussi tu m'as manqué.

M'apercevant qu'ils sont tous en train de nous regarder, je m'écarte de lui.

— Alors, on prend le petit déjeuner ? propose papa.

Ma mère sert du thé et des pancakes à tout le monde.

— Comment était ce mariage ? Raconte-nous, Gina.

Mme Geller ne se le fait pas répéter : elle nous décrit la cérémonie et la fête avec force détails, tandis que Cameron la regarde, ennuyé.

— Où est Sam ? je lui demande.

— Elle est allée chez Nash, répond-il en attrapant ma main sous la table.

Une fois le petit déjeuner terminé, Cam et moi passons dans le salon.

Dès que nous sommes seuls, Cam m'attire à lui et se met à m'embrasser dans le cou. J'adore ça !

Installée sur le canapé, entre ses bras, je me sens coupée du reste du monde, en sécurité.

— Le mariage a été d'un ennui mortel ! soupire-t-il en prenant la télécommande. J'aurais encore préféré passer la soirée au ciné à regarder un de ces films nuls que tu aimes tant..., plaisante-t-il.

— Ils ne sont pas nuls ! Ils sont magnifiques et émouvants.

— Dis plutôt prévisibles et banals ! Ils finissent tous de la même manière. Tu n'as pas besoin de films d'amour quand tu vis une histoire vraie avec un garçon qui est fou de toi !

Il m'attire contre lui, et nous nous embrassons, nos corps serrés l'un contre l'autre.

Soudain, Cam s'écarte.

— Tes parents sont à côté. Je m'efforce de leur faire bonne impression, et tu ne m'aides pas..., dit-il en repoussant une mèche de mes cheveux derrière mon oreille.

Je l'embrasse sur la joue.

Il soupire et secoue la tête.

— Et voilà, tu recommences !

— Si on sortait ? Je n'ai pas envie de rester enfermée à la maison ; il fait si beau !

— Tu es sûre ? Moi, je préférerais passer la journée ici, sur le canapé, avec toi, murmure-t-il.

Il me provoque en laissant lentement glisser ses lèvres sur ma peau.

— Allez, viens, on va se balader à la plage ! Il y a un soleil fantastique !

— OK pour la plage, cède-t-il.

Il se lève et me tend les mains pour m'aider à me mettre debout.

— On va faire un petit tour, dis-je à mes parents.

Mon père jette un regard à Cameron, qui esquisse un sourire, comme s'il voulait le rassurer.

— D'accord, mais ne traînez pas. Tes grands-parents nous attendent, Cam, ne l'oublie pas, dit Mme Geller.

Nous saluons tout le monde et filons dehors.

Une fois dans la voiture, Cameron met la radio.

L'air de « Radioactive » des Imagine Dragons remplit l'habitacle, me faisant presque exploser les tympans. J'adore ce morceau, je l'écouterais à l'infini.

Je chante à tue-tête pendant que nous roulons vers l'océan, savourant cet instant de pur bonheur.

Nous venons de nous engager sur l'autoroute, quand nous apercevons une voiture qui fonce droit sur nous, roulant à contresens.

Je pousse un hurlement. En une fraction de seconde, je distingue le visage du conducteur… Austin !

Tout ce que Cameron peut faire pour éviter une collision frontale est de braquer violemment à droite.

Dans un bruit assourdissant de tôle froissée, mon corps est projeté violemment en avant, puis en arrière, retenu par la ceinture de sécurité.

Après, plus rien.

Le vide absolu.

40

Un bruit perçant et constant s'insinue dans mon esprit et m'oblige à ouvrir les yeux.

La première chose que je remarque, ce sont les tuyaux reliés à mon corps et le blanc aveuglant de la pièce.

— Ma chérie, oh mon Dieu, enfin !

La voix de mon père me fait reprendre conscience. J'essaie de dire quelque chose, mais je n'y arrive pas.

Je respire à fond et je lève un peu la tête pour regarder autour de moi. Dans un flash, je revois les derniers instants avant l'accident. Cameron… Où est-il ? Est-il sauf ?

Je me redresse avec peine.

— Qu'est-ce qui s'est passé ? Comment va Cam ?

Papa pose délicatement ses mains sur mes épaules pour m'obliger à me rallonger.

— Reste tranquille, ma chérie. Tout va bien.

— Depuis combien de temps je suis ici ?

— Depuis quelques heures. Il est 21 heures. Oh, ma chérie, j'ai eu si peur ! continue-t-il en me serrant la main. Tu n'aurais pas dû bouger de la maison jusqu'à ce qu'il ait été…

Il détourne la tête et s'interrompt, comme s'il en avait trop dit.

— J'ai vu les classeurs dans ton bureau, papa. Ça fait longtemps que tu le sais ?

— Depuis le soir où il a essayé de t'écraser sur le parking. Le lendemain, j'ai contacté un ami à moi qui est détective, et il m'a aidé à suivre sa piste. Quand nous l'avons retrouvé, ce salaud avait déjà quitté l'État.

Maintenant je comprends tout : son inquiétude, les coups de fil mystérieux, les jours et les nuits qu'il passait enfermé dans son bureau…

— Merci, papa.

Nous nous taisons quelques secondes tandis que j'essaie de me calmer.

— Papa… qu'est-ce qui s'est passé exactement ce matin ?

— Austin vous a foncé dessus. Heureusement, par je ne sais quel miracle, Cameron a réussi à éviter le choc frontal.

— Et comment va-t-il ?

— Je ne sais pas, ma chérie. Je suis resté toute la journée avec toi, je n'ai pas eu de ses nouvelles. Je sais juste que l'impact a été violent. Ma chérie, ça va aller. Cameron est fort. Il va s'en sortir, exactement comme toi.

Tout à coup, l'air me manque. Je ne pourrais pas vivre sans Cam ! Je n'arrive pas à imaginer une seule journée sans ses répliques, sans son sourire, sans son regard intense.

Je ne cesse de me répéter : « Cameron est fort, il va s'en tirer », pour me convaincre moi-même.

— Il y a tout de même une bonne nouvelle : Austin a été arrêté. C'est terminé ! Nous pourrons enfin respirer.

On frappe à la porte, et maman, Kate et Trevor entrent dans la pièce. En me voyant réveillée, ils sourient avec soulagement. Kate accourt pour me serrer dans ses bras.

Un quart d'heure plus tard, ma famille me laisse seule avec Trevor.

— As-tu des nouvelles de Cameron ? je lui demande.

— Non. Je voulais lui rendre visite, mais on ne laisse entrer que les parents.

— Où se trouve sa chambre ?

— Au bout de ce couloir, la numéro 25. Je suis si heureux que tu ailles bien, Chris ! J'avais peur que tu ne sois grièvement blessée, lâche-t-il.

— J'ai eu beaucoup de chance…

À cet instant, son portable bipe. Un petit sourire apparaît sur son visage et ses joues deviennent toutes rouges tandis qu'il tape une réponse.

— Tout va bien ? dis-je, intriguée.

— Ben…

Il remet l'appareil dans la poche de son jean.

— Oui, pourquoi ?

Je lui fais un clin d'œil.

— Qui est la veinarde ?

Étant donné sa réaction, il doit s'agir d'une fille spéciale.

Il tousse.

— Il vaut mieux que je ne te le dise pas maintenant… tu pourrais mal le prendre ! De toute façon, il est 22 heures. Il faut que j'y aille si je ne veux pas que les infirmières me passent un savon.

Sur ce, il se lève et sort précipitamment de la pièce.

Personne n'a pu me dire quoi que ce soit sur l'état de Cameron... Très inquiète, je n'arrive pas à trouver le sommeil.

Minuit. On n'entend plus aucun bruit dans les couloirs.

Je respire à fond et je rassemble toutes mes forces pour me lever du lit.

Aussitôt, je suis prise d'un tel vertige que je suis contrainte de me rasseoir et de fermer les yeux.

Je me relève, plus déterminée que jamais et, pas après pas, je réussis à atteindre la porte.

Le couloir, éclairé par quelques veilleuses, est désert. Je le longe silencieusement, cherchant la chambre 25.

J'ouvre lentement la porte...

Cam est étendu sur le lit. Il n'y a personne d'autre dans la pièce.

En le voyant, j'éclate en sanglots : il a un énorme bleu sur la pommette gauche, le front et le torse bandés, des tuyaux relient son thorax à un moniteur.

Je m'assois sur la chaise près du lit, je saisis sa main froide et j'y dépose un baiser.

— Qu'est-ce qu'il t'a fait..., dis-je à travers mes larmes. Cam, s'il te plaît, résiste.

Je sais qu'il ne peut pas m'entendre, mais les paroles jaillissent sans que je m'en rende compte.

— J'ai besoin de toi pour continuer. Je t'en prie... Ne laisse pas Austin avoir le dernier mot.

Bouleversée, je passe en revue les plus beaux moments que nous avons passés ensemble : notre première rencontre, notre premier baiser, la nuit de Noël, la promesse de recommencer à zéro, notre soirée à Londres, les baisers, les caresses…

J'effleure la chaîne qu'il m'a offerte.

— Cela devait être notre nouveau départ, Cam ! Ne permets pas que cela se transforme en notre fin !

41

— Ma chérie, tu es prête ? demande ma mère, qui pousse la porte de ma chambre.

Je peux enfin rentrer chez moi !

La première chose que je fais en sortant est de tourner les yeux vers la chambre au fond du couloir, où Cameron est encore maintenu en coma artificiel.

— Chris, appelle ma mère, qui m'attend devant l'ascenseur.

— J'arrive !

Je ne fais rien d'autre que penser à Cam.

Il y a deux nuits, j'ai rêvé de lui : nous étions seuls sur la plage à contempler le coucher de soleil et imaginer notre futur ensemble…

Sur le trajet vers la maison, nous parlons peu. Je préfère mettre mes écouteurs et me plonger dans les chansons qui me rappellent mon histoire avec Cam.

« My Dilemma » de Selena Gomez en a marqué le début ; « Skinny Love » de Birdy semble parler de toutes les fois où notre amour fragile a été mis à l'épreuve… Dans chaque morceau, je trouve quelque chose de nous.

« All We Are » des OneRepublic résume tout à la perfection.

Tandis que les larmes commencent à sillonner mon visage, j'envoie un message à Sam pour lui demander de venir chez moi.

« À tout à l'heure », me répond-elle aussitôt.

Quand j'aperçois l'endroit où a eu lieu l'accident, le sang se glace dans mes veines. Papa accélère, l'air bouleversé.

— La maison était si vide sans toi, chuchote Kate, qui a accouru en entendant la voiture.

Elle me serre fort dans ses bras.

— Je suis heureuse que tu ailles bien, me dit-elle en m'accompagnant dans ma chambre.

Nous nous asseyons sur le lit.

— Tu sais, au lycée, tout le monde ne parle que de toi et de Cameron ces jours-ci... Même Susan m'a demandé des nouvelles.

Je la fixe pour voir si elle ne plaisante pas : non, elle a l'air très sérieuse.

— Ça alors, depuis quand elle s'inquiète pour moi ? fais-je, étonnée.

— Aucune idée, mais je te jure que c'est la vérité. Elle voulait aussi savoir comment va Cameron, bien sûr. Mais personne n'est au courant, vu que Sam n'est pas venue au lycée pendant tout ce temps.

Cette dernière phrase me trouble beaucoup : si Sam a manqué tous les cours, cela veut dire que Cameron ne va pas bien.

— Et Trevor ? Tu as remarqué quelque chose de bizarre ? dis-je pour changer de sujet.

— Il est venu nous voir plusieurs fois. Le truc bizarre, c'est qu'il passe beaucoup de temps avec Susan. Par exemple, hier, à la fin de l'entraînement des pom-pom, il l'attendait devant l'entrée du lycée, et ils sont partis ensemble.

Quoi ? Mon meilleur ami ne peut pas fréquenter cette fille qui me déteste !

Ses paroles me reviennent à l'esprit :

« Il vaut mieux que je ne te le dise pas maintenant… tu pourrais mal le prendre ! »

— Mais ça ne veut rien dire ! déclare Kate. Peut-être qu'ils sont juste amis. Tu sais comment est Trevor.

On sonne à la porte. C'est Sam. Elle entre dans ma chambre, suivie de Nash. Ils m'étreignent.

— Je suis désolée de ne pas être venue te voir ces derniers jours, mais tu sais…, dit Sam.

— Ne t'en fais pas. Je comprends.

Nous nous installons dans le salon, pendant que maman nous sert du jus de fruit et des biscuits.

— Alors, Chris, comment vas-tu ? Que disent les médecins ? demande Nash.

— Que je n'ai rien de grave, juste un léger traumatisme crânien et quelques hématomes sur les bras et les jambes.

— Vous avez eu de la chance. Ça aurait pu vraiment mal finir, commente Sam.

— *Nous avons ?* Tu veux dire que Cameron va bien ?

— Pas exactement, mais il s'en tire sans dommages irréversibles. À cause du coup de frein, il s'est cogné la tête et fracturé deux côtes. Il est encore en observation, mais heureusement il n'y a pas de complications, explique Sam, m'ôtant un poids qui m'oppressait depuis des jours.

Rien d'irréversible ! Je ne pouvais pas recevoir de meilleure nouvelle.

— Aujourd'hui, ils vont le réveiller, et dans quelques jours, il pourra quitter l'hôpital. Mais il ne retournera pas tout de suite au lycée, continue Sam.

Nash lève son verre.

— Alors, portons un toast aux survivants !

Puis ils me confirment que c'est bien Susan qui est la petite amie de Trevor. La source est digne de foi, étant donné qu'il s'agit de Taylor.

Une heure plus tard, je les serre dans mes bras, referme la porte derrière eux et je monte dans le bureau de papa.

Il est en train de ranger les classeurs sur Austin dans une grande boîte.

— Tu les jettes ?

— Oui. Désormais, nous pouvons oublier cette terrible histoire.

J'examine la pièce et, parmi tous les papiers de papa, une vieille photo attire mon attention. On y voit Cass, Trevor et moi dans un parc.

Nous devions avoir cinq ou six ans… Qu'est-ce que nous semblons heureux. C'est bizarre de nous revoir, tous les trois… Je ne peux m'empêcher de me demander comment les choses se seraient déroulées si Cass ne s'était pas engagée sur une mauvaise pente…

Je prends la photo et je remarque que le bord droit est plié de façon à en cacher une partie.

Je la déplie en la lissant de la main… Près du visage souriant de Trevor apparaissent deux adorables petites filles : une blonde et une brune.

Qui sont-elles ? Et pourquoi leurs visages me semblent-ils familiers ?

42

Cette photo m'a tourmentée pendant deux jours, et la situation a empiré quand j'ai demandé des explications à papa. Il m'a dit que c'étaient des gamines avec qui je jouais souvent au parc quand j'étais petite.

J'aurais pu le croire, mais son regard et sa voix peu assurée m'ont fait douter de sa sincérité.

Ma mère entre dans la cuisine, le visage rouge de colère.

— Simon, ma réponse *est et sera toujours* non ! crie-t-elle.

Je croyais que, une fois l'histoire d'Austin aux archives, tout reviendrait à la normale et que mes parents cesseraient de se disputer. Comme toujours, je me trompais.

— Et pourquoi non ? Qu'est-ce que ça peut te faire ? réplique mon père.

Je prends un biscuit dans le paquet et je quitte la pièce.

— Il ne s'agit pas de moi !

C'est la dernière chose que j'entends avant de partir pour le lycée.

J'arrive à l'arrêt de bus avec cinq minutes d'avance. Incroyable…

Une fois au lycée, j'ai le temps d'aller à mon casier et de vider mon sac à dos, plein de cahiers.

— Tu devrais parler à Trevor, dit Taylor, qui m'aborde, l'air sérieux.

— Bonjour à toi aussi, Taylor ! Oui, merci, je vais bien, même si je suis restée une semaine à l'hôpital.

— Ça me fait plaisir de le savoir, mais ce n'est pas ce que je t'ai demandé.

— Qu'est-ce qui lui arrive, à Trevor ?

— Ce qui lui arrive ? Il traîne avec Susan ! Ils sont super proches… À ta place, je n'aimerais pas que mon meilleur ami fréquente une telle nana.

Il ne m'apprend rien, et je ne vois pas ce que je pourrais y faire…

— Il faut que tu lui parles ! insiste Taylor.

— Je vais essayer mais je ne pense pas que ça va donner quelque chose.

— Je suis sûr qu'une discussion avec toi suffira pour qu'il se reprenne, soupire-t-il, soulagé, avant de tourner les talons.

Puis il s'éloigne sans rien ajouter d'autre.

Je referme mon casier et me dirige vers la salle d'anglais. En entrant, je vais droit sur Sam.

— Alors ? Comment va Cameron ? Il rentre aujourd'hui, c'est ça ?

— Il est rentré hier soir. Je crois qu'il va bien… Évidemment, il doit se reposer, et de temps à autre, il a des maux de tête, mais rien de plus, répond-elle. Et à propos de ça…

Elle continue de parler, mais je n'entends plus rien. Cameron va bien, c'est la seule chose qui m'importe.

— Hé, tu es là ?

— Euh… oui, désolée, Sam. J'étais dans la lune… Que disais-tu ?

— Cet après-midi, après les cours, Nash et moi devons aller au centre-ville, et mes parents ne rentrent pas avant 19 heures. Ça te dirait de passer l'après-midi avec Cameron ? demande-t-elle en joignant les mains.

Comment pourrais-je dire non ?

— Bien sûr que oui !

Tout au long de la journée, les enseignants me posent des questions sur l'accident, sur Austin… Dans le couloir et au self également, les élèves n'arrêtent pas de me montrer du doigt et de parler à voix basse de ce qui est arrivé.

— Planète Terre appelle Chris, dit Nash, qui passe sa main devant mon visage.

— Oh ! pardon…

— Tu es un peu distraite aujourd'hui. Tout va bien ? demande Sam.

— Oui, ne vous inquiétez pas.

Je m'efforce de sourire et j'avale une frite.

— On fait quelque chose vendredi ? demande Taylor en croquant dans sa pomme.

— Ça vous dit, de venir chez moi pour voir un film ensemble ? propose Chloé.

— Peut-être que cette fois, on pourrait éviter de regarder *Les Quatre Fantastiques*, fait Nash.

Taylor se renfrogne.

— Pour votre gouverne, ce film est un chef-d'œuvre du cinéma, et Jessica Alba est divine dans le rôle de la Femme invisible, argumente-t-il.

Le visage de Trevor s'illumine : il a une obsession pour cette actrice.

Et voilà, maintenant, nous allons les entendre parler d'elle pendant des heures… Et elle est magnifique, et elle est parfaite, bla bla bla.

— Je suis de ton avis, mec, dit Trevor en lui tapant dans la main.

— Ça y est, le délire commence ! soupire Chloé.

Je hoche la tête. Elle sourit malicieusement.

— J'ai su que tu vas passer l'après-midi avec Cameron.

— Oui, pour lui tenir compagnie et lui donner ses médicaments.

— Ne t'inquiète pas, je ne vais pas t'appeler, je ne voudrais pas interrompre quoi que ce soit… Je ne suis pas comme Sam, qui ne se gêne pas pour téléphoner quand il ne faut pas.

— Je ne l'ai pas fait exprès ! se défend celle-ci.

Nous rions toutes les trois tandis que les garçons continuent de parler de leur actrice préférée.

Le silence ne retombe que lorsque nous voyons Susan qui vient vers notre table. Je remarque, choquée, qu'elle ne détache pas les yeux de Trevor.

— Salut, tout le monde ! lance-t-elle. Comment ça va ?

Elle sourit et nous regarde tous – avec bienveillance ? Incroyable !

— Bien, répond Trevor, le seul qui ne semble pas surpris par sa gentillesse.

— Tu m'attends après l'entraînement ? Comme ça, on pourra bosser ensemble.

Elle lui parle de manière tout à fait naturelle, avec confiance.

— Bien sûr ! À tout à l'heure.

Oh non !

Taylor me lance un regard entendu.

Oui, il faut que je lui parle !... Au moment où j'ouvre la bouche pour lui poser la question fatidique, Becca approche et lui demande de venir avec elle pour bosser.

J'espère que je vais vite découvrir ce qui se passe entre mon meilleur ami et ma pire ennemie.

En fin de journée, Chloé, Sam et moi nous mettons en route vers la villa des Geller. Je suis perdue dans mes pensées ; cette vieille photo continue de me tracasser... Je voudrais en parler à Chloé.

— Chris, qu'est-ce que tu as ? demande cette dernière.

C'est incroyable, cette fille réussit toujours à sentir quand quelque chose ne va pas. Comment fait-elle ? Elle a une sorte de capteur dans le crâne, ou quoi ?

Je décide d'aborder le sujet de la photo.

— Chloé, tu as de la famille à Los Angeles ?

Elle me regarde, l'air surprise.

— Je ne sais pas… non, je ne crois pas. Je n'y suis jamais allée. Pourquoi ?

Je sors le cliché de mon sac et le lui montre.

— Regarde. Elle a été prise à Los Angeles. C'est Cass, Trevor et moi… et deux autres gamines.

Je suis plus que certaine que la petite blonde, c'est elle, et que l'autre est Carly, sa sœur. Carly, je ne l'ai vue qu'une seule fois en photo, mais il m'est impossible d'oublier son regard.

— Oh mon Dieu ! oui, c'est Carly et moi…, souffle Chloé. J'étais toute petite, du coup, je ne me rappelle pas y être allée. Peut-être qu'on a un oncle ou un cousin à Los Angeles. D'ailleurs, j'ai une photo semblable à la maison. Tu veux que je demande à ma mère ? propose-t-elle.

— Oui, merci.

Je range la photo.

— Où tu l'as trouvée ? veut savoir Sam.

— Dans le bureau de mon père. J'aimerais découvrir pourquoi il l'avait sortie.

Une fois chez les Geller, je fais le vide dans mon esprit pour me concentrer sur Cameron.

Il est debout près du canapé. Je m'élance vers lui, le serre fort contre moi.

Il saisit délicatement mes bras pour m'écarter, et demande à Sam :

— Qui est cette nana ?

43

Mon cœur manque un battement. Comment ça, qui est cette nana ?

Il ne se souvient pas de moi ? Il ne se souvient pas de nous, de tout ce que nous avons vécu ?

— Cam… mais qu'est-ce que tu dis ? lâche Chloé, l'air aussi bouleversée que moi.

— Je veux juste savoir qui est cette fille, répond-il.

Il tourne de nouveau le regard vers moi.

— Pardon, mais on se connaît ?

Je veux lui dire au moins mon nom, mais je n'y arrive pas. C'est comme si mon corps refusait d'obéir aux ordres de mon cerveau.

— Euh… au fait, Chris, intervient Sam. J'ai oublié de te dire un truc…

Je ne bouge pas, pétrifiée.

Soudain, Cameron se met à ricaner, imité par Sam, qui ajoute :

— J'ai oublié de te dire que l'accident n'a absolument pas changé le caractère de Cameron. Il est toujours aussi salaud.

Je les regarde, désorientée et troublée ; puis je comprends.

C'était une blague !

— Vous êtes vraiment trop cons !

Ils continuent à rigoler. La seule qui n'y trouve rien de drôle, c'est moi. Cameron et Sam ont joué leur rôle tellement bien que je suis tombée en plein dans le panneau.

— Hé, mon cœur, je plaisantais ! murmure tendrement Cameron.

Il prend doucement mon visage entre ses mains. Mes yeux se remplissent de larmes tandis que je le serre fort contre moi.

— J'ai eu peur de t'avoir perdu, je lâche, bouleversée.

— Tout va bien, mon cœur. Ne t'inquiète pas.

Je mets un bon moment à me calmer pendant que les autres commentent ce qui s'est passé ces dernières semaines au lycée.

De toute évidence, le sujet le plus intéressant est le nouveau couple formé par Susan et Trevor. Je les écoute d'une oreille, essayant d'imaginer comment cela se serait passé si Cam avait vraiment perdu la mémoire. Aurais-je pu le supporter ? Et surtout, serait-il de nouveau tombé amoureux de moi ?

Je regarde Cameron qui, en ce moment, est en train de sourire. Oh, ce sourire ! Il serait en mesure de détruire et de reconstruire mon cœur en quelques minutes.

— Je dois y aller, Nash m'attend, déclare Sam qui se lève et me fait un clin d'œil. Chris, prends bien soin de mon frère.

— Pour ça, il faut que le portable soit sur « silencieux », lance Chloé en tapant sur l'épaule de Cameron.

Les joues de l'« amnésique » s'empourprent ; un petit sourire apparaît sur son visage tandis qu'il se passe la main dans les cheveux, gêné.

J'aurais aimé le prendre en photo en ce moment ; il est rare de voir Cameron embarrassé.

Une fois les filles parties, il dit :

— Tu sais, ce que raconte Chloé...

— Tu es trop chou quand tu rougis ! je m'esclaffe.

— Quoi ? Je ne rougis jamais !

— Oh si !

— Je te dis que non. Je ne rougis jamais, s'entête-t-il.

— D'accord, comme tu veux.

Il se lève.

— Je vais m'allonger sur le canapé, j'ai la tête qui commence à tourner.

Ce n'est qu'une excuse, bien sûr, pour ne pas reconnaître l'évidence.

Lorsque je le rejoins au salon, il se pousse pour me faire de la place près de lui. Je m'assois et il enroule la couverture autour de mon corps.

On se retrouve à regarder un vieil épisode de Scooby-Doo, un dessin animé qu'il doit adorer, vu qu'il rigole à n'importe quelle réplique stupide des personnages.

Je ferme les yeux et je respire à fond pour sentir son parfum.

— Tu es sûre que ça va ? Tu n'as pas eu l'air de bien prendre la blague, dit-il tout à coup, l'air sérieux.

— Non, je ne l'ai pas bien prise. Ces derniers jours, j'ai eu très peur de te perdre, Cam.

— Heureusement, j'ai vu Austin juste à temps pour réagir… Cela aurait pu être bien pire.

— L'important est que tu sois là, près de moi, dis-je en l'embrassant sur les lèvres.

Cameron passe un bras derrière mon dos et m'assoit à califourchon sur ses genoux.

Je l'enlace, faisant attention de ne pas toucher son torse, encore bandé et douloureux.

Il me mordille doucement la lèvre inférieure. Je ferme les yeux.

— J'adore te voir comme ça, murmure-t-il.

Il continue cette douce torture, se dirigeant vers ma joue.

— C'est parce que je suis bien avec toi…

Il s'arrête et regarde mes lèvres quelques secondes.

— Si seulement je n'avais pas aussi mal… Je ne sais pas ce que je te ferais…

Je deviens rouge comme une tomate à l'idée de ce qui pourrait se passer.

Il caresse doucement ma joue en feu.

— Comme ça, on est à égalité.

— Espèce de salaud !

— Tu sais très bien que tu aimes ça.

J'ignore sa remarque et m'assois de nouveau près de lui. Je prends la télécommande pour changer de chaîne à la recherche d'un programme intéressant.

— Qu'est-ce que tu fabriques ? proteste-t-il.

— Je zappe.

— Ça va pas ? Ils passent Scooby-Doo !

Il s'allonge pour me prendre la télécommande, mais je m'écarte.

Il sourit malicieusement, les yeux plongés dans les miens.

— Chris, ne me provoque pas.

— Et pourquoi pas ?

Il se met à me chatouiller ; il sait très bien que je ne supporte pas ça.

Je ris en me contorsionnant, ce qui le fait rigoler lui aussi.

Je finis par me rendre et je lui rends la télécommande.

— J'ignorais que tu avais cette passion pour Scooby-Doo.

— Alors, garde bien ça en mémoire. J'adore les filles qui la partagent avec moi.

Je le fixe : il a l'air sérieux. Je m'esclaffe.

— Susan m'avait tout de suite impressionné parce qu'elle possédait une collection de cassettes de la série.

— Désolée, moi, je déteste Scooby-Doo ! fais-je pour voir sa réaction.

En réalité, moi aussi, quand j'étais petite, j'aimais bien regarder ça à la télé.

Il m'observe en silence quelques secondes, tandis que j'essaie de garder mon sérieux.

— C'est terrible ! commente-t-il. Mais, chose bizarre, ça ne m'empêche pas de t'aimer encore plus.

44

— À quoi tu penses ? demande Cameron sans détourner les yeux de l'écran.

Je suis perturbée par la photo trouvée dans le bureau de papa, et par cette incroyable coïncidence que Chloé et Carly y figurent aussi.

Austin et Carly. Deux personnes qui me tourmentent, même s'ils ne font plus partie de ma vie.

— À mon père… Il était au courant qu'Austin était revenu.

Cameron n'a pas du tout l'air surpris.

— Je le savais, moi aussi, dit-il. Ton père me l'a appris le vendredi où on a dîné chez vous.

— Pourquoi tu ne me l'as pas dit ?

— Je ne voulais pas t'inquiéter, tout comme ton père. Tu aurais paniqué.

— Alors, vu que vous êtes si intimes, tu sais peut-être aussi pourquoi Chloé et Carly, petites, sont sur une photo avec mes amis et moi à Los Angeles ?

Il s'immobilise, l'air troublé.

— Carly est sur une photo avec toi ?

Sans rien dire, je sors la photo de la poche de mon jean et je la lui montre.

Cam fronce les sourcils et l'examine avec attention. Son silence m'angoisse, mais je cherche à garder mon calme.

— Je n'arrive pas à y croire ! finit-il par dire.

— À quoi ? dis-je troublée.

— Rien… Carly et toi vous vous ressemblez comme deux gouttes d'eau ! Est-ce possible que vous ayez des liens de parenté ?

Je ne l'avais pas remarqué… Je reprends la photo : en effet, il y a une certaine ressemblance, surtout dans la forme et la couleur des yeux.

Je réfléchis quelques minutes, passant en revue toute ma famille, mais personne ne me vient à l'esprit.

— Ce n'est pas ça, l'important, fais-je. Il paraît que nous avons tous un sosie. Ce que je voudrais savoir, c'est comment j'ai pu connaître Chloé et Carly.

Je prends mon portable pour appeler Chloé. À cette heure-ci, elle doit déjà en avoir parlé à sa mère…

Heureusement, elle répond tout de suite. Quand je lui pose la question, elle explique :

— Maman m'a dit qu'on a passé juste une journée à Los Angeles, où elle a rencontré d'anciens camarades de l'université.

Je la remercie, soulagée, avant de raccrocher.

— Alors ? demande Cameron.

— Elles étaient à Los Angeles parce que leurs parents devaient rencontrer des copains de fac.

Je plie la photo et je la remets dans ma poche.

Cameron n'a pas l'air convaincu. Je change de sujet :

— Quand est-ce que tu reviens au lycée ?

— Bientôt, j'espère. J'ai une visite médicale demain matin. J'en ai marre de rester ici.

J'ironise.

— En effet, traîner au lit quand les autres souffrent pendant le cours de maths, c'est affreux !

— Eh bien, figure-toi que je préférerais être au lycée.

C'est confirmé : Cam est un peu spécial.

— Dis, comment tu as pris le fait que Trevor et Susan soient ensemble ? demande-t-il tout à coup.

— C'est sûr que je n'ai pas sauté de joie. Il s'agit tout de même de mon meilleur ami ! Il fréquente une fille qui me déteste. Mais on dirait qu'il a un effet positif sur elle. Aujourd'hui, Susan a été super sympa avec moi et les autres.

— Quoi ? Susan, sympa avec toi ? s'étrangle-t-il.

C'est absurde, je sais ; pourtant c'est vrai. Peut-être qu'elle a enfin décidé de me laisser tranquille. Est-ce grâce à Trevor ?

— Je n'y croirai pas avant de l'avoir vu de mes yeux, déclare Cam, hilare.

La porte d'entrée claque : Sam est rentrée.

— Salut, Cam, je file ! dis-je en me levant. Toi, essaie de te reposer.

— Tu passes aussi demain ?

Je hoche la tête et je me penche pour déposer un baiser sur ses lèvres.

— Alors, je t'attendrai.

— Commence déjà à compter les heures !

— Ce seront les heures les plus longues de ma vie, se lamente-t-il avec une grimace comique.

En arrivant chez moi, je me fraie tant bien que mal un passage parmi les cartons déposés devant la porte. Bizarre que papa ne s'en soit pas encore débarrassé.

— Je suis là !

Je vais dans la cuisine, où maman est en train de cuisiner.

— Bonjour, ma chérie. Comment ça a été aujourd'hui ?

— Bien. Je suis juste un peu fatiguée. Papa est là ?

— Il est sorti avec Kate il y a quelques minutes. Tu as besoin de quelque chose ?

Je prends la photo et la pose sur le plan de cuisine.

— Je l'ai trouvée dans son bureau.

Elle fait glisser la photo vers elle et la regarde les sourcils plissés.

— Euh... Jolie photo, dit-elle pour tout commentaire.

Je remarque pourtant qu'elle a pâli.

— Ça va, maman ?

Elle acquiesce et me fait un sourire un peu forcé :

— Ma chérie, tu veux bien mettre la table ? Le dîner est prêt.

45

— Le bal de cette année sera mortel, dit Taylor, l'air enthousiaste, en me passant un feuillet.

— Je n'en doute pas, dis-je, amusée.

— Mets quelque chose de sympa, continue-t-il, et essaie de convaincre Cam de venir. Depuis la mort de Carly, il déteste cette fête. Et… une dernière chose : débrouille-toi pour éviter Susan.

— Je ferai de mon mieux, dis-je sur le ton de la blague.

Étant donné la tournure des événements, je ne crois pas que Susan va m'embêter. Dernièrement, elle s'est montrée très distraite, et étrangement gentille à mon égard.

Je laisse Taylor, et je suis discrètement Cam qui s'avance vers son casier pour lui faire une surprise. Je le rattrape et lui couvre les yeux.

— Hé, Laureen, tu ne m'auras pas, dit-il sans attendre que je lui demande qui c'est.

Quand il se retourne, je fronce les sourcils.

Cam sourit.

— Je rigole !

— Tu parles !

— Allez, ne me dis pas que tu es fâchée… Parlons plutôt de choses sérieuses. Avec qui vas-tu aller à la fête de fin d'année ?

Il veut plaisanter ? D'accord !

— Mmm… je ne sais pas, j'attendais que quelqu'un me le demande…

— Qui ça ?

— Je blaguais ! Tu viendras avec moi, non ?

— Oui, pourquoi pas.

— Tay prétend que tu n'aimes pas le bal de fin d'année. Du coup, je n'osais pas trop te le proposer… Je ne voulais pas que tu me dises non, comme à Susan.

Cameron prend l'air vexé.

— Toi, c'est pas pareil, répond-il avant de sortir son portable, qui s'était mis à sonner.

Nous nous arrêtons devant son casier et j'attends qu'il range ses livres et termine la communication.

J'observe son visage concentré, toujours aussi fascinée par ses traits parfaits.

Il parle encore quelques minutes tandis que je cherche à comprendre de quoi il s'agit.

Il ne fait que répéter « Quoi ? », « T'es sérieux ? », « T'es sérieux ? », « Non », « Je n'y crois pas. »

À en juger par son expression, il ne s'agit pas d'une bonne nouvelle…

Une fois l'appel terminé, il donne un grand coup de poing dans son casier et le referme violemment, me faisant sursauter.

— Qu'est-ce qui se passe ?

Il respire à fond et rouvre le casier.

Il se met à chercher quelque chose dedans, les mains tremblantes. Il inspire de nouveau à fond, les mâchoires serrées.

— Cam…

— Ne t'inquiète pas ! Tout va bien.

Sur ce, il se retourne et se dirige vers la salle.

Je lui cours après et l'attrape par le bras. Je n'ai pas l'intention d'être mise à l'écart, et surtout de passer la journée à imaginer ce qui a bien pu se passer.

— Maintenant, dis-moi ce qu'il y a !

— Rien.

— Non ! Les choses vont trop bien entre nous pour que tu les gâches de nouveau. Comment veux-tu que je continue à y croire si je n'ai pas confiance en toi ?

— Tout allait trop bien, justement, marmonne-t-il, m'intriguant encore davantage. Maintenant, excuse-moi, je dois parler de quelque chose d'important avec quelqu'un.

Plantée au milieu du couloir, je le regarde s'éloigner au pas de course.

La cloche sonne. J'entre dans la salle en faisant comme si de rien n'était.

Je pose les livres sur ma table, puis je rejoins Sam, qui est en train de regarder son portable.

— Salut, dis-je en lui touchant l'épaule.

Elle ne répond pas.

— Ça va ? j'insiste.

Elle secoue la tête, éteint l'écran et pose l'appareil sur sa table. Je m'aperçois qu'elle a les yeux cernés.

— Qu'est-ce qu'il y a ?

— Nash…, lâche-t-elle, et ses yeux se remplissent de larmes.

Je la prends dans mes bras sans rien dire. Il est rare que Sam et Nash se disputent, mais quand cela arrive, ma meilleure amie est désespérée.

— C'est fini entre nous, Chris, sanglote-t-elle. Et, cette fois, c'est sérieux.

Le professeur vient d'entrer dans la salle. Nous lui demandons la permission de sortir et allons nous enfermer dans les toilettes.

— Je ne me serais jamais attendue à cela de sa part…, commence Sam.

Comme j'ignore toujours de quoi il s'agit, je la laisse continuer.

— … je pensais que c'était le garçon parfait pour moi ! dit-elle en s'essuyant les yeux.

— Sam, je suis certaine que vous allez vous réconcilier. Nash t'aime, il ne pourra pas rester loin de toi longtemps. N'abandonne pas. Reprends ce qui t'appartient, ne laisse personne te l'enlever.

— Ce n'est pas aussi facile… Je n'ai jamais été forte.

— Eh bien, c'est peut-être le moment de le devenir !

46

— Elle continue à regarder par ici ! Tay, va lui parler, insiste Sam pendant que nous sortons du lycée.

La journée a été assommante : les professeurs se sont tous donné le mot pour nous annoncer plein de contrôles dans une semaine.

Ils veulent nous achever !

— Règle numéro un de Cameron : si une fille te regarde, ignore-la, répond Taylor en jouant les experts.

Depuis le déjeuner, Ashley n'arrête pas de le regarder. Je dois dire que ça devient lourd.

— Selon moi, elle est fascinée par ton bandana, commente Chloé en touchant de l'index le fichu bleu et orangé. Il est impossible de ne pas te remarquer.

Sincèrement, je ne crois pas que ce soit pour cela.

Je pense plutôt qu'Ashley s'est enfin aperçue que Taylor est un mec génial, et que Nash y est pour quelque chose…

Pendant la pause, je lui ai parlé pour comprendre ce qui se passait entre lui et Sam. Il m'a expliqué que ce n'était qu'une petite crise, puis il m'a raconté qu'il avait parlé de Taylor à Ashley.

Apparemment, cela a fonctionné : elle a l'air sous le charme. Tay, qui s'efforce de l'ignorer, est trop marrant. On voit très bien que ça lui coûte beaucoup.

Je les laisse à leur petit jeu de séduction et, après avoir dit au revoir à tout le monde, je serre Sam dans mes bras.

Je suis restée avec elle toute la journée, lui répétant qu'elle devait être forte.

— À demain, OK ?

— D'accord…, murmure-t-elle.

Je sais bien que, pour elle, les jours qui viennent seront difficiles. J'espère que Cameron la soutiendra au moins jusqu'à demain, quand aura lieu la soirée pyjama chez Chloé.

J'ai hâte ! Cela nous fera du bien à toutes les trois, de passer un moment entre amies.

Je jette un coup d'œil vers l'entrée du lycée dans l'espoir de voir Cam ; en vain.

Il m'a évitée toute la journée. Chaque fois que je m'approchais de lui, il se levait et s'en allait. Je n'arrive pas à comprendre ce qui se passe.

Ça n'a aucun sens !

Je lui ai envoyé plusieurs messages, auxquels il n'a pas répondu.

Je vérifie l'heure et je décide de rentrer tout de suite à la maison.

Je marche vite, les écouteurs dans les oreilles.

Je mets « Walking Blind » d'Aidan Hawken. Les paroles et la superbe mélodie me rappellent mon voyage vers Miami, il y a un an.

Ce jour-là, dans l'avion qui m'emmenait d'un bout à l'autre des États-Unis, je savais très bien que tout allait changer. Je pensais au pire. Mais je me trompais, comme toujours.

J'ai rencontré des personnes extraordinaires, avec qui j'ai partagé des moments inoubliables.

À l'idée que l'an prochain sera ma dernière année à Miami, je ressens un vide immense en moi. Ma vie sera bien terne loin des gens que j'aime...

Qui sait... peut-être que ces amitiés sont plus solides que celle qu'il y avait entre Trevor, Cass et moi et que la prochaine fois, les choses ne se passeront pas aussi mal... Peut-être aussi que l'amour qu'il y a entre Cameron et moi est suffisamment fort pour résister à l'éloignement.

Absorbée dans mes pensées, je n'aperçois mon meilleur ami et Susan qu'après les avoir dépassés.

Je me fige : ai-je bien vu ? Trevor était en train d'embrasser Susan ?

Je me retourne et je frissonne : assis sur le banc, ils sont en train d'échanger des baisers ! J'en reste bouche bée.

Il ne me reste qu'à filer... Seulement, Trevor m'aperçoit...

Il se lève et se dirige vers moi, l'air gêné.

— Chris... je peux t'expliquer, dit-il, à bout de souffle. Je sais que ça va te sembler bizarre, mais...

Je le fais taire en posant mon index sur ses lèvres :

— Tu n'as rien à m'expliquer. Si elle te rend heureux, tout va bien.

Je m'efforce de sourire. Trevor fronce les sourcils et me regarde comme si je venais de proférer un juron.

— OK, mais je veux que tu saches une chose…, murmure-t-il en me regardant droit dans les yeux. Je le fais pour t'oublier.

C'est la phrase que je redoutais le plus, mais que j'attendais également.

— Je t'aime, chuchote-t-il.

— Moi aussi, je t'aime, Trevor.

Susan lève la main pour me saluer de loin. Ça alors ! Stupéfaite, j'en fais de même.

— Ben… oui, j'essaie de la faire changer d'avis sur toi, me glisse Trevor.

— Dis donc, t'es un vrai magicien !

— Bon, elle m'attend. On se voit demain ?

— Bien sûr.

Je le suis du regard tandis qu'il rejoint sa dulcinée.

En arrivant à la maison, je vois la voiture de maman. Bizarre… À cette heure-ci, elle devrait encore être au travail.

Inquiète, je pousse la porte.

Ma mère est assise à la table de la cuisine.

— Maman… qu'est-ce qu'il y a ? fais-je d'une voix tremblante.

Elle ne répond rien. Me fait juste signe de m'asseoir auprès d'elle.

— Ma chérie, je sais à quel point cette année a été difficile pour toi. Le déménagement à Miami a bouleversé ta vie.

Dès le début de son discours, les larmes me viennent aux yeux.

— Et voilà que je dois t'annoncer un autre changement…

— Que se passe-t-il, maman ?

— Nous retournons à Los Angeles, ma chérie.

J'ai l'impression que le sol s'effondre sous mes pieds. Ma tête se met à tourner.

— C'est à cause de papa ? je souffle.

Je suis plus que sûre qu'il s'agit d'un problème entre eux deux.

— En effet, nous traversons une mauvaise période, et il doit réparer des erreurs commises dans le passé.

Elle respire à fond pour retenir ses larmes.

Je ne suis pas prête à quitter ma vie ici et retourner à Los Angeles. Je veux profiter de ma dernière année à Miami !

Je vais devoir dire adieu à tous : Nash, Sam, Chloé, Taylor, Trevor, Cam…

Cam… À cette seule pensée, mon vertige s'aggrave.

— Quand ?

— La semaine prochaine, dès la fin des cours, murmure-t-elle.

Je me lève pour courir me réfugier dans ma chambre.

— Ma chérie, je suis tellement désolée !

C'est surtout moi qui suis désolée…

En larmes, je claque ma porte avant de m'y appuyer.

— Mon cœur, lance Cameron, qui se lève du lit. Il est encore entré par la fenêtre !

Je me jette dans ses bras en sanglotant.

— Je suis au courant, mon cœur… Papa me l'a dit ce matin.

Voilà qui explique sa réaction au mystérieux appel, et sa colère.

— Je ne veux pas partir, Cam !

— Chut, mon bébé. On va trouver une solution, chuchote-t-il en me serrant fort contre lui.

47

« Tu peux y arriver ! Ne pleure pas. » Ce sont les paroles que je me répète sans cesse en me préparant pour passer la soirée avec mes amies.

Quelle chance que Cameron ait été là. Il est resté avec moi jusqu'à ce que je m'endorme.

Ce matin, j'ai essayé de l'appeler, en vain.

Je sais qu'il a très mal vécu cette nouvelle, même s'il ne le montre pas.

« Ne pleure pas. Tu surmonteras cela aussi. » Je respire à fond pour éviter de faire couler mon maquillage pour la troisième fois.

Je ressens un vide immense en moi, bien plus grand que lorsque j'ai appris que nous allions déménager de Los Angeles à Miami.

Même si cette année a été infernale, elle a gravé des souvenirs indélébiles dans ma mémoire.

Je ne veux pas m'en aller maintenant que j'ai réussi à remettre de l'ordre dans ma vie, maintenant que ma relation avec Cameron s'est enfin stabilisée, et que je me suis réconciliée avec mes amies. Maintenant qu'une nouvelle année scolaire, la dernière, va commencer. Plus j'y pense, et plus j'ai le moral à zéro.

Et ignorer la raison de ce nouveau séisme dans ma vie ne facilite pas les choses.

Ce matin, j'ai essayé de parler à maman pour comprendre ce qui s'est passé entre elle et papa, mais elle a changé de sujet. Je suis certaine que je finirai par découvrir la vérité.

Je prends une profonde inspiration et sors de ma chambre.

— Amuse-toi bien à ta soirée pyjama, ma chérie. À demain, dit ma mère, les yeux rougis et brillants.

La voir dans cet état me fait mal. Si seulement je connaissais le motif de ces larmes… Je saurais quoi lui dire pour lui remonter le moral.

Je la serre fort dans mes bras.

— Tout ira bien, maman !

Elle commence à sangloter désespérément.

— Ça va s'arranger, dis-je encore, tandis que Kate nous rejoint et s'unit à notre étreinte.

— Oui, tout ira bien, il le faut, dit maman qui s'efforce de sourire.

Je l'embrasse sur la joue, puis je sors. J'avais prévu d'aller chez Chloé à pied, car elle n'habite pas très loin, mais la voiture de Cameron est garée devant la maison.

Dès que j'ai refermé la portière, je me blottis dans ses bras.

— J'avais besoin de toi.

— Et moi de toi, murmure-t-il en m'embrassant sur le front. Tout va bien, je suis là maintenant.

Oui, la seule chose qui compte est qu'il soit là…

— Euh… Je dois te dire un truc : j'ai prévenu Sam et Chloé que… enfin, bref, tu as compris…

— Tu as bien fait. Je n'aurais pas su comment le leur annoncer.

Je serre sa main, et il pousse un soupir de soulagement.

— Je leur ai aussi demandé de ne pas en parler ce soir. Il vaut mieux que tu vives ces bons moments sans penser à... à ce qui arrivera quand...

Il se tait, l'air bouleversé.

Ses mains crispées sur le volant et ses sourcils froncés sont le signe que le sujet fait trop mal pour qu'il continue.

— Tu as raison. Je veux que cette soirée soit joyeuse.

Il acquiesce et s'arrête devant chez Chloé.

— Je viendrai te chercher demain, on n'a plus beaucoup de temps avant ton départ, il faut en profiter.

Il détourne la tête pour que je ne puisse pas voir son visage.

— Cam, ça va ?

— Bien sûr ! Il est temps que tu y ailles, Chris. Tu sais que Chloé déteste qu'on arrive en retard.

Je l'embrasse sur la joue et descends de voiture sans rien dire.

À la porte d'entrée, on entend la musique poussée à fond, ainsi que les rires de Chloé et Sam.

Ça va être une soirée inoubliable, je le sens.

Lorsqu'elles apparaissent sur le seuil, j'éclate de rire en voyant leurs vêtements et la manière dont elles se sont coiffées.

— Enfin ! On croyait que tu avais décidé de nous abandonner, dit Sam, qui enlève des confettis de ses cheveux et s'écarte pour me laisser passer.

Le salon ressemble à un champ de bataille.

De la nourriture, des confettis, du maquillage et des vêtements sont éparpillés partout. La musique est tellement forte que les murs de la maison tremblent.

— Je ne savais pas que mon frère était allé te chercher, dit Sam en faisant un signe à Cameron. Il avait dit qu'il voulait passer la soirée avec Nash, Taylor et Trevor.

— Il y va sûrement maintenant.

— Qu'est-ce qu'on en a à faire des mecs ! Cette soirée est à nous trois. Je ne veux plus entendre parler d'eux, d'accord ? intervient Chloé.

Je suis plus que d'accord avec elle.

Après que Chloé nous a énuméré les règles qui doivent être respectées chez elle (dont la plupart ont déjà été transgressées), nous passons dans sa chambre pour nous mettre en pyjama. Les deux prochaines heures seront consacrées à regarder *Conjuring*.

Après les premières scènes, nous nous regardons : c'est un film d'horreur, ça ? Mais dix autres minutes suffisent pour qu'on change d'avis : ce film est à faire dresser les cheveux sur la tête !

— Oh, mon Dieu ! il tire encore sur sa jambe, glapit Sam, terrorisée, en se couvrant les yeux d'un coussin.

Je m'apprête à l'imiter quand, soudain, les lumières s'éteignent dans la maison. Nous nous retrouvons dans le noir.

48

— Oh, mon Dieu ! Qu'est-ce qui se passe ? J'ai peur ! crie Sam en se cachant derrière moi.

— Sam, c'est juste une coupure de courant. Ne t'inquiète pas, dis-je pour la rassurer.

En vain : elle continue de pleurnicher en tremblant de tout son corps.

Chloé sort de la cuisine avec une lampe-torche et illumine la pièce, faisant de nouveau crier Sam.

— Sam, arrête, t'es plus une gamine qui a peur du noir ! s'écrie-t-elle.

Je me tourne vers Sam.

— On va tout vérifier. Sois tranquille, ce n'est rien.

Je viens de finir ma phrase quand une porte se referme violemment et me fait bondir de peur.

— Il y a quelqu'un ? crie Chloé, sa torche balayant l'entrée.

— Chloé, je croyais que la règle numéro un pour ne pas se faire tuer est de ne jamais demander s'il y a quelqu'un à la maison ? chuchote Sam, qui se réfugie dans un coin du salon.

— Il n'y a personne ici, et personne ne veut nous tuer, réplique Chloé. C'est sûrement le vent, ajoute-t-elle comme si elle voulait s'en persuader elle-même.

Du coup, moi aussi, je commence à paniquer. Ça nous apprendra à regarder des films d'horreur !

— Va vérifier, alors, fait Sam.

Nous nous figeons toutes les trois : des pas se font entendre dans la cuisine, et la poignée de la porte d'entrée bouge lentement... Mon cœur bat si fort que j'ai l'impression que ma poitrine va exploser.

Épouvantée, Sam court se cacher derrière le canapé en couinant.

— Il y a encore des voleurs, murmure Chloé.

— Comment ça, « encore » ?

— Ce n'est pas la première fois. Prends le vase et mets-toi à côté de la porte. Dès que le voleur entre, frappe-le sur la tête, ensuite on préviendra la police, me dit Chloé en me passant un gros vase.

Je le saisis, interdite : Chloé doit avoir l'habitude de ce genre de situation. Moi, au premier bruit, je me serais jetée sur le téléphone pour appeler les flics.

Je me mets en position et lève mon arme de fortune.

La porte s'ouvre lentement et quelqu'un entre.

Je baisse le vase en voyant le bandana jaune.

— Mais à quoi tu joues, bon sang ? lance Taylor, effrayé. Pour qui tu m'as pris ?

— Taylor ! crie Chloé, qui se précipite sur lui, en colère.

La porte de la cuisine s'ouvre aussi, et Trevor, Cameron et Nash en sortent, hilares.

— Ça va pas ? je hurle, furieuse. Vous nous avez fichu une trouille bleue ! Sam a failli avoir une crise cardiaque !

Quelle bande d'idiots ! Ils s'ennuyaient à ce point à leur petite fête entre mecs ?

— Mais vous n'êtes pas bien ! Il faut être con pour couper le courant… Vous vouliez nous faire mourir de peur ou quoi ? vocifère Chloé.

— Hé ! Ce n'est pas nous qui étions sur le point d'assassiner un pauvre garçon en lui cassant un vase sur la tête, se défend Taylor.

Cette soirée ne va pas bien finir du tout, je le sens.

— On croyait que ce serait marrant, intervient Nash.

Sam lui tourne le dos sans dire un mot.

— Je me serais attendue à ça de la part de n'importe qui, mais pas de toi, dis-je à Trevor.

— Sérieux, vous exagérez ! se défend-il. Aucun sens de l'humour…

Cameron m'oblige à me tourner vers lui.

— Mon cœur, je suis désolé, on croyait que ce serait drôle.

— Eh bien, c'est loupé !

— Tu n'es pas fâchée, quand même ? dit-il avec son sourire craquant en me prenant la main.

La respiration me manque ; j'évite à tout prix de regarder ses lèvres.

Puis je m'éloigne à la recherche de Sam qui a disparu.

Je la trouve dans la chambre de Chloé. Elle est assise sur le lit, toute pâle, les mains tremblantes.

Je m'installe à côté d'elle.

— Sam, ça va ?

— Pourquoi ? Pourquoi il est venu ? lâche-t-elle.

Elle n'a l'air ni triste ni heureuse.

— Et pourquoi il me parle ? Je pensais que c'était fini entre nous.

— Je ne crois pas, Sam... En tout cas, tu ne peux pas t'enfuir chaque fois que tu le vois.

— Je n'ai pas l'intention de sortir de cette pièce !

— Tu ne pourras pas te cacher pour toujours. Tu n'as qu'à prendre exemple sur lui : fais comme s'il ne s'était rien passé, pour qu'il comprenne ce qu'il a perdu. Tu m'as promis d'être forte !

Ça me fait mal de les voir aussi éloignés.

— Je n'y arrive pas ! Je suis trop amoureuse de lui...

À cet instant, la porte s'ouvre.

— Sam, il faut qu'on parle, dit Nash.

Je sors de la pièce pour les laisser seuls.

J'espère que Nash a entendu ce que Sam a dit sur ses sentiments pour lui.

Je rejoins les autres dans le salon, où une querelle entre Chloé et Taylor est en cours.

Ces derniers temps, ces deux-là n'arrêtent pas de se disputer. Je commence à me demander si quelque chose de plus que l'amitié n'est pas en train de naître entre eux... Qui sait...

— On va s'installer dans la chambre de Chloé pour dormir tous ensemble, m'apprend Trevor, l'air de rien.

Il a beau s'efforcer de dissimuler ses pensées, je peux y lire comme dans un livre ouvert...

Je souris.

— Tous ensemble ?

Il hausse les épaules.

— On voudrait que cette soirée soit inoubliable.

— Taylor, la ferme, et suis-moi, crie Chloé en entraînant Tay hors du salon.

— Cette nana a un problème, chuchote Taylor quand il passe près de nous en traînant les pieds.

Trop drôle… S'il croit que je suis dupe…

— Si tu veux mon avis, ces deux-là vont finir ensemble, dit Trevor, qui, lui aussi, lit dans mes pensées.

— Venez, on y va ! lance Cameron, qui me passe le bras autour des épaules.

Nous suivons Chloé dans la chambre de ses parents, qui est plus grande que la sienne. Chloé et moi y étalons les sacs de couchage les uns à côté des autres pendant que les mecs bavardent en rigolant.

Quand le campement est prêt, Sam et Nash nous rejoignent aussi, l'air mystérieux.

La curiosité me dévore, mais je me retiens de demander à Sam ce qu'ils se sont dit pour ne pas la mettre mal à l'aise.

— C'est sympa d'avoir installé mon sac de couchage, lance Taylor. Vous n'auriez pas dû ; je vais dormir dans le lit conjugal.

— Euh… non, dit Chloé, hilare. Tu vas dormir par terre comme nous tous.

Taylor se glisse dans son sac de couchage en bougonnant. Quelques instants plus tard nous sommes tous couchés.

— La dernière année…, murmure Nash.

Eh oui… la dernière…

— Je n'arrive pas à y croire ! soupire Chloé.

— Un nouvel établissement, une nouvelle vie, de nouveaux copains… Je ne suis pas prêt, avoue Cameron, qui se tourne vers moi.

— Tu n'es pas le seul, mec, déclare Trevor. La pensée de m'éloigner de ceux que j'aime me donne des frissons. Je sais déjà que ce sera un désastre…

Je cesse de les écouter. Mon esprit vagabonde : j'imagine ce qui se passera dans l'avenir.

Ma vie à Los Angeles ne sera sûrement pas comme celle d'avant ; mes amis me manqueront terriblement.

Le temps passe si vite !… Cette semaine aussi se terminera trop tôt.

— Arrêtez de vous plaindre, lance Taylor. On restera tous en contact !

— Vous me manquerez, dis-je à travers mes larmes.

Ma vie ne sera plus la même sans eux…

— On réussira à rester unis, j'en suis certain, intervient Cameron. J'imagine déjà quand on se reverra un jour avec nos mioches qui courent dans tous les sens…

Je souris en visualisant la scène.

— Parle pour toi ! Les miens ne seront pas des « mioches », mais des enfants magnifiques, à l'image de leur père, affirme Taylor.

— Et si tu la fermais ? Il est temps qu'on puisse dormir, suggère Trevor.

Au bout de quelques minutes, le silence tombe dans la pièce. On n'entend plus que le souffle profond de Taylor.

Je me tourne et me retourne dans mon sac de couchage, cherchant une position confortable ; rien à faire ! Alors, je me lève et je sors sur la terrasse. Un bol d'air frais me fera du bien.

— Ça va ? demande Cameron, qui me rejoint.

— Je n'arrive pas à dormir.

— C'était sympa, cette soirée…, chuchote Cameron.

— Mmm. Tout ça me manquera.

— Tu es sûre de ne pas pouvoir rester ? Pourquoi tu n'habiterais pas chez moi jusqu'à la fin de l'année ?

Et ce n'est pas la seule possibilité. Je pourrais aussi demander une chambre à l'internat, mais je ne veux pas laisser ma mère seule au moment où rien ne va plus avec papa.

— Impossible, ce n'est pas une période facile pour mes parents.

— Et nous deux ? Qu'est-ce qu'on va devenir ? lâche-t-il en évitant mon regard.

Je voudrais pouvoir affirmer que tout ira bien entre nous et que nous saurons faire face à l'éloignement. Mais, en réalité, je n'en suis pas certaine.

Je prends sa main.

— On y arrivera, d'une manière ou d'une autre.

— Bien sûr ! Tu seras seulement à l'autre bout des États-Unis. Une petite balade de rien du tout, ironise-t-il.

— On a réussi à surmonter des situations bien pires que celle-là, dis-je.

Il me regarde quelques secondes, puis me serre fort contre lui.

— J'espère que tu as raison. Je ne veux pas te perdre.

— Et cela n'arrivera pas, je te le promets.

— Je n'arrive toujours pas à y croire… Une semaine !

— Chut… je refuse d'y penser, dis-je en me retenant de pleurer.

Je ferme les yeux et me concentre sur ce moment : les bras de Cameron qui me serrent, protecteurs, son parfum, sa chaleur…

Je mémorise chaque détail pour m'en souvenir quand je serai loin de lui.

— Je t'aime, chuchote-t-il au creux de mon oreille.

— Je t'aime, moi aussi.

49

Dormir près de Cameron est ce qu'il y a de plus beau au monde.

Allongée dans mon sac de couchage, j'écoute son souffle régulier et son cœur qui bat fort sous mon oreille appuyée contre son torse.

Comment je vais faire pour continuer ma vie sans Cam à mes côtés ?

— Tu ne dors pas ? chuchote Trevor dans mon dos.

— Non, impossible de me rendormir.

— On va manger quelque chose ? J'ai faim et je ne sais pas où chercher quelque chose à grignoter.

Nous nous levons et descendons dans la cuisine sur la pointe des pieds.

— Heureusement que Cameron ne s'est pas réveillé ! dit Trevor.

— Pourquoi ?

— Il ne serait pas content de nous voir ensemble…

Moi, il y a autre chose qui m'intéresse.

— Comment ça va avec Susan ?

— Bien. On sort souvent ensemble, et je peux t'assurer que, quand on est seuls, c'est une fille complètement différente de celle qu'on connaît tous. Je crois que c'est à ça que Cameron faisait allusion quand il disait qu'il était tombé amoureux d'elle pour de bonnes raisons.

Je m'efforce d'imaginer cette autre Susan, peut-être sympa ; en vain. Je ne vois que celle qui, pendant une année entière, a tout fait pour me pourrir la vie.

Je lui souris.

— Si tu es heureux, je le suis aussi.

— Figure-toi que je l'ai presque convaincue de venir te dire au revoir la semaine prochaine, annonce-t-il.

Je me fige : la seule personne que je ne souhaite absolument pas voir à l'aéroport avant de partir est Susan.

— Alors, je te conseille d'arrêter ! Trevor, je ne veux pas d'elle.

— Pourquoi ? Elle aussi a fait partie de ta vie ici.

— Malheureusement, oui, et je préfère l'oublier.

Je saisis ma tasse et je souffle sur le lait bouillant.

Cette conversation pénible est interrompue par l'arrivée de Sam, qui a l'air d'avoir le moral à zéro.

Je suis curieuse de savoir ce qu'elle et Nash se sont dit hier, mais j'ai peur de lui remuer le couteau dans la plaie si je lui pose la question.

— Salut, princesse, lance Trevor en la regardant, hilare. Tu es superbe ce matin.

Nous lui jetons toutes deux un regard noir : il a un sens de l'humour pourri.

— La ferme ! riposte Sam en se hissant sur une chaise.

Je lui passe un bras autour des épaules.

— Comment vas-tu ?

— Mal. Hier soir, avec Nash, ç'a été un désastre.

Je fais signe à Trevor de nous laisser seules. Il s'exécute sans protester, et je demande à Sam :

— Raconte !

— Il prétend que notre break lui permettrait de réfléchir, pour comprendre ce qu'il éprouve vraiment pour moi. Il voudrait quand même avoir une relation avec moi… mais pas sérieuse comme jusque-là. Il m'a embrassée, et je suis tombée en plein dans le panneau. Je suis trop bête ! Mais je l'aime, Chris, tellement que je suis prête à tout pour sentir qu'il est encore à moi, me confie-t-elle.

Je sens monter en moi la colère contre Nash.

— Tu dois réagir, Sam ! Ne le laisse pas te manipuler !

— Comment veux-tu que j'y arrive ? lâche-t-elle. Nash a été mon premier amour, ma première fois… Je ferai tout pour ne pas le perdre.

Je ne sais pas quoi lui dire. La seule solution serait de le quitter pour de bon, mais elle en est incapable, tout comme moi avec Cameron.

— Pour changer de sujet : quelle heure est-il ? dit-elle. Je dois rentrer chez moi pour aider ma mère.

Chloé entre dans la pièce et se dirige droit sur le frigo.

— Bien bien, je vois que ces demoiselles sont installées dans ma cuisine, plaisante-t-elle.

— J'ai pris le lait, j'espère que ça ne t'embête pas ? dis-je.

— Au contraire, ça m'arrange. Je déteste le lait.

— Qu'est-ce que ça va me manquer ! murmure soudain Sam.

J'imagine comme ce serait sympa de fréquenter la même université, toutes les trois. Chambre en pagaille, conversations jusqu'à plus d'heure sur nos petits copains, chamailleries... Trop génial !

Hélas, c'est impossible. Chacune de nous intégrera bientôt la fac de ses rêves – et nos rêves ne sont pas les mêmes.

— Je veux un gros câlin de groupe, dit Chloé, qui m'enlace et attend que Sam nous rejoigne. On restera en contact, hein ? Avec les garçons ? J'ai eu plein d'amis dans ma vie, mais je n'ai jamais vu de groupe plus génial que le nôtre.

Ma gorge se serre.

— Un câlin de groupe, et nous ne sommes pas invités ? s'écrie Taylor, qui entre, suivi de Cameron et des autres.

Il faut que quelqu'un prenne ce moment en photo, pour que nous puissions contempler cette image de bonheur dans nos moments les plus tristes !

— On fait une photo ? je propose.

Taylor sort son portable et tend le bras pour faire un selfie de groupe.

Il nous le montre, la photo est géniale ! J'ai hâte de l'imprimer pour l'accrocher dans ma chambre à Los Angeles.

Le reste de la matinée se déroule dans le calme.

— Alors... on se voit ce soir ? fait Cameron.

Les autres sont déjà partis : nous sommes en train de nous dire au revoir devant sa voiture pendant que Sam assiste à la scène de l'intérieur. Je préfère rentrer chez moi à pied : j'ai envie d'être seule.

— Oui. Cam, je peux te demander quelque chose ?

— Bien sûr.

— Peux-tu parler de Sam à Nash ? Je n'aime pas du tout sa manière de se comporter et...

Il ne me laisse pas finir ma phrase.

— Je lui ai déjà dit de m'attendre à la plage cet après-midi pour discuter. Personne n'a le droit de traiter ma sœur comme ça.

Je me hausse sur la pointe des pieds pour l'embrasser.

— Il y a quelques mois, tu n'aurais jamais dit cela.

— Il y a quelques mois, tu n'étais pas avec moi.

Il se penche pour me donner un baiser.

— À ce soir !

Je me mets en route, en repensant à la soirée et à la matinée passées avec mes amis.

Je suis près de chez moi quand la voiture de mon père apparaît au bout de la rue.

J'accélère le pas pour éviter de lui parler. Savoir que c'est à cause de lui qu'on déménage encore suffit pour que je le déteste.

— Chris, attends ! crie-t-il. Il faut qu'on discute.

50

— Papa, je n'ai pas le temps, je dois préparer mes valises, dis-je.

— Tes valises ? fait-il, surpris.

Est-il possible qu'il ne soit pas au courant ?

— Pour info : maman a décidé que nous retournons à Los Angeles.

— Ah… Mais… tu ne préférerais pas passer la dernière année de lycée ici ? dit-il d'une voix tremblante.

— Non. C'est décidé, je pars avec elle.

— Elle est à ce point en colère, alors…

— Il faut croire, vu sa décision, dis-je avec le plus grand calme. Tu peux me dire ce qui s'est passé ? Pourquoi es-tu parti de la maison ?

— Ça ne te regarde pas, Chris. Ce sont des questions que ta mère et moi devons résoudre seuls. Mais tu dois savoir que ce n'est pas entièrement ma faute : tu n'as aucune raison de me détester.

— Je ne te déteste pas. Je crois juste que maman ne mérite pas de souffrir !

— Moi non plus. Chris, je veux que Kate et toi sachiez que je vous aime et que je vais faire en sorte de tout arranger au plus vite. Dès que mon travail me le permettra, je retournerai à Los Angeles pour résoudre les problèmes avec votre mère. Je n'ai pas l'intention de vous quitter.

Je reste muette. Je suis sûre que papa aime maman, et j'espère malgré tout que les choses s'arrangeront entre eux.

— D'accord, papa. Maintenant, il faut que j'y aille.

— À demain, ma chérie. Embrasse Kate pour moi.

Je fonce dans ma chambre préparer ma valise au rythme de « Radioactive ».

Tandis que je plie un tee-shirt froissé, je repense à la première fois où Cameron est entré ici par la fenêtre et s'est caché dans le placard. Le lendemain, il a raconté à tout le monde que moi aussi, comme Susan, j'avais un tee-shirt fuchsia, c'est-à-dire celui-ci.

Je le plie soigneusement et le range dans la valise, pleine à craquer.

Je n'ai laissé dans mon armoire que les vêtements que je prévois de porter pendant la dernière semaine de cours.

Je tombe sur mon lit pour souffler un instant. Loupé : Kate entre dans ma chambre et s'assoit près de moi.

J'enlève mes écouteurs.

— Deuxième fois en moins d'un an, hein ? fait-elle.

— Oui… Ce qui est terrible, c'est que c'est tellement brutal à chaque fois.

— Moi, ça me va. Je savais que je n'appartenais pas à cet endroit, et Los Angeles m'a toujours manqué.

Elle hausse les épaules.

Je suis contente qu'on reprenne notre ancienne vie.

La même chose vaut en partie pour moi… Cependant, à la différence de Kate, même si j'ai toujours su que tôt ou tard je retournerais à Los Angeles, j'ai fini par me sentir chez moi ici.

Elle me prend la main et la serre avec force.

— Bien sûr, ce ne sera pas la même vie sans Cass, Trevor et, pendant un moment, sans papa… mais j'espère que tout ira bien, conclut-elle.

— Ça a bien commencé, non ? dis-je pour me convaincre moi-même. On a réussi à s'adapter dans une nouvelle ville et à nous faire des amis. Le retour à Los Angeles sera moins compliqué. Papa a promis de tout faire pour que maman lui pardonne, et je suis sûre qu'il y arrivera. Et puis, tu pourras voir Nicole…

— Maman et papa s'aiment. Il doit juste trouver le moyen de se faire pardonner, et tout s'arrangera. Et puis, c'est vrai, je pourrai enfin revoir mon amie Nicole. Oui, Chris, tout ira bien.

51

Pas après pas, souvenir après souvenir, larme après larme, je parcours pour la dernière fois ce couloir qui a vu mon premier jour de cours, l'évolution de mon amitié avec tous et de mon amour avec Cameron.

Ce sont les dernières minutes que je passe dans ce lycée : ce soir, je monte dans l'avion qui me ramènera à Los Angeles.

La dernière semaine s'est écoulée tellement vite ! Je n'ai pas vu le temps passer.

Tout au long, Cameron s'est comporté de manière très étrange : il m'évitait, comme s'il voulait déjà s'éloigner de moi. Personne ne peut comprendre ce qui lui passe par la tête…

Selon Nash, il n'est pas prêt à dire adieu à la seule personne qu'il ait jamais aimée. Mais ne devrait-il pas vouloir passer chaque minute qui reste avec moi, justement pour cette raison ?

J'espère qu'il viendra me dire au revoir à l'aéroport…

Plongée dans ces pensées, je franchis pour la dernière fois la grande porte du lycée.

En descendant les escaliers, je vois mes amis regroupés devant la voiture de Susan. Ils sont en train de bavarder ; c'est tellement sympa de les voir sourire... C'est comme ça que je veux les garder dans ma mémoire, unis et joyeux.

Sam me fait signe d'approcher.

— La voilà, la traîtresse qui préfère retourner à Los Angeles ! dit Trevor, qui passe son bras autour de mes épaules.

Taylor s'approche, le poing serré comme s'il tenait un micro :

— Racontez-nous, mademoiselle Evans... Comment s'est déroulé votre dernier jour parmi nous ?

— C'est bizarre, mais je crois que ce lycée me manquera.

Tout le monde rit.

Nous parlons de toutes ces choses qui vont me manquer et, inévitablement, la conversation nous amène à Cameron, et à son comportement incompréhensible.

— Je suis sûre qu'il veut se protéger, déclare Susan. Même si ça ne l'empêche pas de souffrir, au contraire... Tu devrais lui parler, Evans.

Elle le connaît mieux que tous : je vais suivre son conseil après avoir dit au revoir à la bande.

— Tu viens avec moi à scooter ? propose Sam.

Je secoue la tête : sa façon de conduire me fiche la trouille.

— Je vais utiliser mes jambes, merci.

Elle doit avoir compris, car elle dit :

— Je n'irai pas vite, c'est promis.

Pendant qu'elle va chercher son engin, je fais la bise aux autres. Heureusement, il ne s'agit pas encore d'un adieu : je les reverrai à l'aéroport.

Ils s'en vont tous, sauf Susan, qui me dit d'une traite en évitant mon regard :

— Bon, Evans, nous n'avons jamais été d'accord, et je ne peux pas nier que la nouvelle de ton départ ait été la meilleure que j'aie reçue depuis que tu as débarqué au lycée. Mais figure-toi que tu vas me manquer. Personne ne m'avait jamais tenu tête comme toi. Je dois reconnaître que tu as été une adversaire digne de ce nom.

C'est le discours le plus étrange et le plus sympa que je pourrais attendre de sa part. Notre relation a toujours été difficile, et savoir que cela n'a pas changé m'arrache un sourire.

— Merci d'avoir insisté auprès de Trevor sur la question de l'aéroport, poursuit-elle. Je n'avais aucune envie d'assister à la scène déchirante des adieux, et encore moins de faire semblant de souffrir pour plaire à Trevor, conclut-elle.

— Mais de rien ! Moi non plus je n'avais pas envie de perdre du temps avec toi.

Je regarde vers le parking : j'espère que Sam se presse… J'ai hâte de voir Cam pour l'obliger à me parler, même si je dois enfoncer la porte de sa chambre.

— Une dernière chose, dit Susan. Tu peux être tranquille, maintenant que tu ne seras plus là, je n'essayerai pas de te prendre Cameron. Cela va être unc période difficile pour lui, et il n'a pas besoin qu'une ex lui tourne autour.

— T'as intérêt ! Par ailleurs, si j'apprends que tu fais souffrir Trevor, je te jure que je prends le premier vol pour Miami et viens te voir. Je n'essaie pas de comprendre comment mon meilleur ami a pu tomber amoureux de toi, mais je ne veux pas qu'il soit malheureux.

En mon for intérieur, je sais que cet avertissement n'est pas nécessaire. Susan semble, elle aussi, très amoureuse, et tant qu'elle réussit à le rendre heureux, tout va bien.

— Pas de problème. Je l'aime, je ne lui ferai pas de mal, dit-elle.

Enfin, je vois le scooter de Sam qui arrive vers nous.

— Alors, *ciao*, Susan !

Je salue pour la dernière fois la fille qui m'a pourri la vie dans cette ville.

Elle sourit.

— Bonne chance, Evans.

En route vers la maison des Geller, je réfléchis à ce que je vais dire à Cameron. J'ai beau essayer, je n'arrive pas à aligner les mots de manière logique. Je suis trop énervée pour penser.

Pendant que Sam range son scooter au garage, je monte l'escalier quatre à quatre et frappe à la porte de Cameron, lui criant d'ouvrir immédiatement.

Aucune réaction de sa part, exactement comme les jours précédents.

— Cameron, j'en ai marre ! Ce sont les seuls moments qui nous restent !

Je m'arrête quelques secondes : ma main commence à me faire mal. Je respire à fond pour me calmer.

Apparemment, la manière forte ne fonctionne pas avec lui... Je m'appuie à la porte et me mets à parler, choisissant mes paroles avec soin.

— Cameron, tu ne peux pas me faire ça. Je sais que tu ne veux pas souffrir. Tu as peur de me perdre, comme tu as perdu Carly. Seulement, ça n'arrivera pas. Moi, je serai toujours là, malgré la distance. Je t'aime et je ne permettrai pas que notre histoire se termine.

Je colle l'oreille contre le battant : silence.

— Cameron, arrête de faire comme si je n'avais jamais existé, ça ne résoudra rien ! Ouvre cette porte pour me dire au revoir, c'est tout ce que je te demande... Je t'en prie, je t'aime, et j'ai besoin de toi.

Ce n'est pas comme ça que ça devait se passer... Il m'avait promis que nous serions plus forts que tout.

J'assène un dernier coup de poing dans la porte.

— Salaud !

C'est là que j'entends des pas dans sa chambre. Mon cœur s'emballe. La porte s'ouvre, et Cam apparaît sur le seuil.

Son visage est baigné de larmes, exactement comme le mien. Sans rien dire, il me prend dans ses bras et m'embrasse comme un fou.

Puis il me regarde dans les yeux. Une larme coule sur sa joue.

— Je ne peux pas, Chris. J'ai essayé d'anticiper, d'imaginer comment serait la vie sans toi, et je sais que ce n'est pas possible, murmure-t-il.

Je prends délicatement son visage entre mes mains.

— Si, Cameron, on va tout faire pour que cela marche. On se verra au moins une fois par mois, même si des milliers de kilomètres nous séparent.

— Une fois par mois, et ensuite ? Eh bien, ensuite on reviendra à notre vie de tous les jours ! Tu rencontreras de nouvelles personnes, moi aussi, peut-être. Peu à peu, on oubliera tout ce qu'il y a eu entre nous. Je ne suis pas prêt à l'accepter.

Je me mets à trembler de tout mon corps.

— Je... je ne veux pas le croire, je balbutie. Dis-moi que tu ne le penses pas vraiment !

— Non, c'est comme ça que ça se passe, Chris, murmure-t-il en détournant le regard.

J'ouvre la bouche pour protester, mais je suis sans voix. Il ne me reste qu'une seule chose à faire : m'éloigner au plus vite de cette maison, et de lui.

Et c'est ce que je fais, le cœur battant à tout rompre, le visage baigné de larmes.

52

— Dernière valise à charger. Zou, dépêchez-vous ! s'écrie ma mère.

Elle est en train de parcourir la maison pour vérifier si elle n'a rien oublié.

— Kate, viens m'aider ! je m'époumone.

Je n'ai pas l'intention de traîner sa valise qui pèse une tonne jusqu'à la voiture des Geller, qui nous ont proposé de nous amener à l'aéroport.

Une fois les bagages chargés, je n'ai plus qu'à dire adieu à cet endroit, déjà plein de souvenirs.

— C'est bon, on peut y aller, lance ma mère en refermant la porte de la maison.

Un dernier regard autour de moi, et on s'en va.

Gina Geller se tourne vers moi.

— Sam vient de m'envoyer un message, tout le monde vous attend.

Ça me fait chaud au cœur : mes meilleurs amis sont là. Et ils seront toujours là !

— C'était sympa d'être voisins. Nos dîners surtout nous manqueront, plaisante M. Geller. Il faut pas être triste, on restera en contact, ajoute-t-il gentiment.

En ce qui me concerne, j'éprouve plus de colère que de tristesse. De la colère pour n'avoir pu dire au revoir à Cameron comme je l'aurais voulu, pour ne pas avoir profité de chaque instant de cette dernière semaine, pour avoir été rejetée, en somme. Je comprends les doutes de Cameron sur les relations à distance, mais pourquoi ne pas essayer ?

Je mets mes écouteurs pour m'évader un peu.

Tu parles ! Comme un fait exprès, la lecture aléatoire de Spotify ne propose que des chansons tristes, qui me rappellent Cam et les moments passés ensemble.

En arrivant à l'aéroport, je vois tous mes amis à l'entrée.

Je laisse les valises à maman et cours me jeter dans les bras de Trevor, qui me serre avec force.

Je remarque qu'ils ont tous les larmes aux yeux, comme moi.

— Vous ne pouvez pas savoir à quel point vous allez me manquer..., je lâche.

— On se reverra bientôt, je te le promets, fait Sam, qui s'efforce de sourire en s'essuyant les joues.

Je l'enlace et lui chuchote à l'oreille :

— Promets-moi que tu seras forte !

— Promis, répond-elle avant de s'écarter pour laisser la place à Chloé, qui m'étreint elle aussi.

— C'est malin ! fait-elle. Qui va m'aider maintenant à supporter cette bande d'idiots ? Sois sage à Los Angeles. Et surtout, essaie de dénicher plein de beaux mecs ; comme ça, quand je viendrai te rendre visite, tu me les présenteras.

— Je t'adore, Chloé, dis-je, émue.

Je la serre contre moi pour la dernière fois.

Puis c'est au tour de Nash.

Cette semaine, Sam et lui ont parlé, et il lui a présenté des excuses. Il a reconnu qu'il s'était comporté comme un crétin et lui a proposé de recommencer à zéro.

Elle a bien géré la situation : elle ne s'est pas aussitôt jetée à son cou, et lui a dit qu'elle voulait y aller doucement, à pas mesurés.

— Sois sympa avec Sam. Si je découvre que tu la fais souffrir, tu auras affaire à moi, dis-je tout bas, pour qu'elle ne m'entende pas.

— À vos ordres, chef ! plaisante-t-il. J'espère que tu trouveras un guide aussi doué que moi pour faire le tour de ton nouveau lycée.

On dirait qu'il s'est écoulé une éternité depuis que Nash m'a montré le lycée pour la première fois.

Arrive le moment de saluer Taylor. Il me manquera beaucoup, lui aussi.

— Ne nous oublie pas, murmure-t-il. Nous, nous serons toujours là pour toi, souviens-t'en.

— Comment veux-tu que je vous oublie ?

— Je suis sûr que tout ira bien à Los Angeles, mais ce que tu ne trouveras jamais, c'est un pote avec un bandana aussi beau gosse que moi !

J'étais sûre qu'il concluerait son discours en m'arrachant un sourire, et je lui en suis reconnaissante.

— Toi, sois sympa, ne fais pas enrager Chloé…

Taylor se rapproche pour me glisser à l'oreille :

— Ça, je ne te le promets pas… Elle est trop mignonne quand elle se fâche, mais ne le lui dis pas.

Je suis certaine qu'ils vont vivre une belle histoire… Ils vont très bien ensemble.

Enfin, c'est au tour de mon meilleur ami.

— J'ai comme une impression de déjà-vu…, dit Trevor en m'attirant contre lui.

— Ouais. Mais cette fois, ce n'est pas le début de la fin. Je ne veux pas te perdre.

— Même pas dans tes rêves ! Quoi qu'il arrive, je serai toujours là.

— Tu vas trop me manquer !

Je m'écarte pour le regarder dans les yeux, et je vois qu'il fixe mon cou.

Il effleure la chaîne avec le pendentif de Cass, celui qu'elle m'a offert le jour où je suis partie de Miami.

— Les trois mousquetaires, tu te rappelles ?

Trevor sourit et me montre le bracelet que nous portons au poignet tous les deux.

— Pour toujours !

C'est comme si Cass n'était jamais partie… Elle est avec nous chaque jour. C'est cela, la force de notre amitié.

— Ma chérie, il est temps de partir, dit ma mère. Les contrôles vont nous prendre du temps.

Je la suis sans me retourner, bouleversée.

Assise à ma place dans l'attente du décollage, je sens le poids de ce que je suis en train de vivre.

— Retour à la maison, dit Kate, souriante.

J'aimerais avoir un peu de son enthousiasme. Je prends mon portable pour le mettre sur mode « avion »... Mon cœur fait un bond : seize appels manqués de Cameron et un message vocal.

Je colle l'appareil contre mon oreille :

— Salut, Chris... J'ai... J'ai essayé de t'appeler au moins une dizaine de fois...

Je retiens ma respiration.

— J'ai été stupide, Chris. Te laisser partir de cette manière, sans avoir le courage de te dire au revoir... J'étais aveuglé par la peur de te perdre, la crainte de mon avenir sans toi. Je n'ai pas su gérer cette situation. Chris, je veux te remercier d'avoir changé ma vie. Grâce à toi, je suis une meilleure personne. Merci de m'avoir toujours tenu tête, de m'avoir fait enrager, rire et, surtout, tomber amoureux. Tu as mis de la lumière dans ma vie, je t'en serai toujours reconnaissant. Je veux que tu saches que, pour moi, ce n'est pas la fin de notre histoire. Je t'ai laissée t'éloigner de moi parce que j'ai peur que la distance n'ait raison de moi. Pourtant, j'espère que nous aurons un futur, nous devons juste attendre. Qui sait... le destin voudra peut-être qu'on se rencontre de nouveau et qu'on reparte de zéro.

S'ensuit un long silence. J'écarte le téléphone de mon oreille pour vérifier si le message est terminé. Il ne l'est pas...

Je m'essuie les yeux en continuant à écouter sa respiration presque imperceptible. C'est bizarre, mais c'est comme s'il était là, près de moi.

— Deux cœurs, même séparés, restent unis pour toujours, reprend-il d'une voix triste. Le temps et la distance ne parviendront jamais à prendre le dessus. C'est ce qui va nous arriver, à nous, Chris. Je te le promets.

Le message se termine. J'éclate en sanglots en serrant le portable contre mon cœur.

53

Un an plus tard…

Dire qu'en commençant le lycée on a hâte d'arriver à la dernière année, qui paraît si lointaine, presque irréelle… Eh bien, quand le cycle d'études se termine, la seule chose que tous voudraient faire, c'est rembobiner la cassette du temps et revivre cette aventure géniale.

Le jour du diplôme marque le début d'une nouvelle phase de vie, celle de l'université, tout aussi enthousiasmante. Seulement, je ne suis pas certaine d'être prête à l'affronter…

— Chris, qu'est-ce que tu fais là, à rêvasser ? On a des tas de choses à faire ! lance Alexa, me ramenant sur terre. Je te rappelle que ce soir, c'est le bal de fin d'année. On se voit chez toi deux heures avant pour se préparer. Je compte bien laisser Josh bouche bée, et tu dois faire le même effet à Ben ! Je ne veux pas entendre d'objections.

Depuis que je suis revenue à Los Angeles, il s'est passé tant de choses que, si je voulais en dresser la liste, cela me prendrait au moins deux jours. Alexa a tout fait pour m'intégrer à son groupe de copains. Ils sont très sympas, mais mes amis de Miami continuent d'occuper une place privilégiée dans mon cœur.

Je leur parle souvent sur Skype. Malgré la distance, je suis toujours au courant de ce qui se passe dans leur vie. Je suis heureuse que tout aille pour le mieux.

Hier soir, ils avaient l'air super excités à l'approche de la remise de diplôme et de la fête de fin d'année. Chloé a encore sorti une quantité incroyable de vêtements ; je ne pensais pas qu'ils pouvaient tenir dans un placard aussi petit. Son histoire avec Taylor marche comme sur des roulettes, et il n'y a pas de raison que ça change, vu qu'ils vont fréquenter la même université.

Sam et Nash aussi sont très unis. En ce qui concerne Trevor... ben, mon meilleur ami est super amoureux de Susan. Il a l'air heureux, et c'est la seule chose qui compte. Il s'est arrangé deux ou trois fois pour nous laisser seules, sa petite amie et moi, pour que nous parlions *via* la webcam, et je dois dire que ça ne s'est pas si mal passé...

— Alexa, je te répète pour la millième fois que Ben n'est pas pour moi ! Il me rappelle trop Set...

— Mais ce n'est pas Set. C'est un garçon sympa, gentil, tendre...

Elle essaie de me convaincre, mais, même si des mois se sont écoulés depuis mon retour à L.A., seul Cam occupe mes pensées.

Oui, je n'ai jamais cessé de penser à lui et, apparemment, c'est la même chose pour lui. Une fois, il m'a appelée à 3 heures du matin, et on a bavardé jusqu'à l'aube. Tout se passait bien jusqu'à ce que j'évoque le sujet douloureux de la distance. Une vive discussion a éclaté, et c'est ainsi que s'est terminée notre dernière conversation.

— Écoute-moi, Chris. Je sais que Miami te manque, et je sais aussi que ce mec… comment il s'appelle, déjà… ah oui, Cameron, je sais qu'il te manque. Mais tu dois te fourrer dans le crâne que…

— … que maintenant je suis revenue à Los Angeles, et que ma vie est ici.

Je connais cette phrase par cœur, elle n'a pas cessé de me la répéter ces derniers mois.

Elle a raison, mais j'ai beau essayer, le souvenir de Cam ne me quitte pas.

— Ben et Josh nous attendent pour qu'on déjeune ensemble. Tu es obligée de venir, dit Alexa.

Ah… si je n'ai pas le choix…

C'est une journée spéciale ; je ne dois pas rester seule à ruminer le passé et regretter ceux qui ont fait le choix de ne pas faire partie de ma vie.

J'ai bien fait d'écouter Alexa : le déjeuner avec Josh et Ben est très agréable et relaxant.

Nous discutons des moments les plus amusants de ces quatre années de lycée.

— Vous vous rappelez quand on est allés au cinéma, et que Trevor, en montant les marches dans le noir pour chercher des places, a trébuché et a renversé tout le pop-corn par terre ? fait Josh, ce qui provoque l'hilarité d'Alexa et de Ben.

Entendre parler de Trevor me renvoie en pensée à Miami… Je vérifie l'heure sur mon portable : dans une demi-heure, j'ai un rendez-vous téléphonique avec mes amis. Je laisse Alexa, Josh et Ben, et je cours chez moi.

Quand résonne la sonnerie de l'appel vidéo, c'est comme si j'entendais une musique céleste.

— Le lycée est fini ! crient-ils tous en chœur quand je réponds.

— Comment tu vas t'habiller pour le bal de ce soir ? demande Sam.

— Et surtout, avec qui tu vas y aller ? enchaîne Chloé.

— Moi aussi, je suis contente de vous voir, dis-je en rigolant.

— Il faut qu'on fixe une date pour ma visite, Chris, dit Trevor. Tu me manques, et je veux passer un peu de temps avec toi et nos vieux copains de Los Angeles avant de partir pour l'université.

Cela fait du bien, de voir que la distance n'a pas eu raison de notre amitié. Et ça n'arrivera jamais, parce qu'elle est forte et résiste à tout.

C'est exactement comme ça que j'espérais que ça se passerait avec mes amis… Il y a bien eu quelques passages à vide, mais nous sommes toujours là, plus unis que jamais.

L'appel ne dure pas longtemps : l'heure du bal approche, et Alexa va bientôt arriver. Je salue mes amis et on se donne rendez-vous pour le lendemain.

— Je voudrais être à ta place ! dit Kate en entrant dans ma chambre.

— Patience ! Le temps passe tellement vite…

— Papa et maman sortent ce soir.

— Alors, tu vas rester seule à la maison. Ça va aller ?

— Bien sûr ! Je suis trop contente qu'ils se soient retrouvés.

Il y a un mois, papa est arrivé à l'improviste à la maison avec ses valises. Ils ont longuement discuté, et tout est rentré dans l'ordre. Ouf…

Je leur ai demandé à tous les deux ce qui s'était passé d'aussi terrible, en vain. Et puis, un soir, j'ai retrouvé dans leur chambre la photo de moi, enfant, avec Chloé et Carly, et j'ai insisté pour qu'ils me disent la vérité.

Il fallait que je sache ce qui s'était passé entre eux, et quel mystère cachait cette photo.

L'histoire que m'a racontée maman m'a laissée sans voix. Apparemment, il y a deux ans, c'était papa qui avait voulu que nous déménagions. Habiter à Miami lui permettrait d'enquêter sur l'accident qui avait coûté la vie à Carly, sa fille. Oui, sa fille ! L'année où maman était enceinte de moi, lui et Jennifer, la mère de Chloé, avaient eu une aventure. Personne n'en avait jamais rien su, et papa voyait Carly une fois par an, quand il allait à Miami pour affaires. Cette vieille photo où l'on me voit en compagnie de Carly et de Chloé a été prise dans un parc de Los Angeles, à l'occasion d'une réunion d'anciens camarades d'université.

Maman n'était au courant de rien. Lorsqu'elle a découvert son secret, elle a mis une année entière à le digérer.

Désormais, c'est une histoire qui appartient au passé. Notre famille est devenue plus unie que jamais, et nos parents s'entendent à merveille.

— Prête pour le dernier bal du lycée ? demande Kate, émue. Je parie que Ben restera sans voix quand il te verra avec cette robe incroyable, chantonne-t-elle en me faisant un clin d'œil.

Je hausse les épaules, je m'en fiche de la réaction de Ben.

Je veux juste vivre une soirée géniale pour fêter la fin du lycée et commencer ma nouvelle vie.

Je prends mon portable pour voir s'il y a un message d'Alexa et, sans le vouloir, je me retrouve à regarder pour la millième fois la photo prise dans la cuisine de Chloé le matin après la soirée pyjama, où on me voit dans les bras de Cam.

Quelques minutes plus tard, on sonne à la porte, et Alexa déboule dans ma chambre.

Les préparatifs avec elle sont exténuants. Il faut toujours que tout soit parfait, et si quelque chose ne va pas comme elle veut, elle trouve la patience de tout recommencer depuis le début. Elle doit avoir retouché son maquillage au moins dix fois !

Moi, pas aussi exigeante, je suis prête en très peu de temps.

— Répétition générale ! lance-t-elle quand elle se juge enfin au top. Après la soirée, que nous aurons passée avec Ben et Josh, tu proposeras qu'on aille faire une balade sur la plage. À ce moment, je m'éclipserai avec Josh pour vous laisser seuls, Ben et toi. Je suis sûre qu'il saura profiter de cette opportunité.

Et si elle avait raison ? Ben pourrait être la personne qu'il me faut, il est gentil et attentionné.

À 19 heures précises, les garçons sonnent à la porte. Comme Alexa l'avait prévu, ils restent bouche bée en nous voyant.

Josh tousse pour cacher son embarras, les yeux fixés sur Alexa, qui est vraiment très belle. Ses cheveux roux sont coiffés avec soin ; son maquillage met en valeur ses yeux d'un vert intense.

— On y va ? Je ne veux pas manquer le début du bal ! lance Alexa en entraînant Josh vers la voiture.

Ben me sourit et me tend le bras.

— Tu es magnifique ! lâche-t-il, admiratif.

— Merci.

— Tu sais, Chris, quand j'étais en première année de lycée, je rêvais qu'un jour j'irais au bal de fin d'année avec toi. Eh bien, maintenant que ça se réalise, je n'arrive pas à y croire, avoue-t-il.

À cette époque-là, les garçons ne faisaient pas partie de mes priorités. La seule chose qui m'importait était de passer les après-midi avec mes copines ; c'est sans doute pour cela que je n'avais jamais fait attention à Ben.

— Moi aussi, je suis contente de passer la soirée avec toi, dis-je quand il m'ouvre la portière.

Quand nous arrivons sur place, la fête a déjà commencé. Les gens dansent, l'air heureux, prêts à dire adieu aux années de lycée pour se lancer dans la grande aventure de l'université.

— Ah, j'adore ce slow ! s'écrie Alexa. Josh, viens, on va danser.

Josh et elle courent sur la piste et se mettent à remuer lentement au rythme de la musique, serrés l'un contre l'autre.

— Tu veux danser ? demande Ben en me tendant la main.

Je ne peux pas refuser : il est adorable, et je l'apprécie vraiment.

Je pose les mains sur ses épaules ; il me prend par la taille et me fixe intensément de ses yeux bleus, qui sont loin de me faire le même effet que ceux de Cameron…

Alors, comment me résoudre à tourner la page, à envisager une autre relation ?

Cela dit, je suis face à quelqu'un qui est en mesure de me faire sourire… Prête ou non, est-ce vraiment si terrible de vouloir recommencer ?

— Bien sûr, dit soudain Ben.

Je le regarde, surprise : je ne me rappelle pas avoir posé de question.

Il me fait signe de me retourner… Mon cœur manque un battement : Cam est là, qui me fixe de son regard profond.

Je devrais être en colère contre lui, je devrais le détester… Pourtant je me jette à son cou tandis que les larmes inondent mon visage.

— Cam…

Ses bras forts me serrent la taille ; je sens mon cœur battre à mille à l'heure.

— Tu m'as manqué, me chuchote-t-il à l'oreille.

Je m'écarte pour le regarder dans les yeux.

— Ne pleure pas, Chris, je suis là.

Je saisis sa main et je l'entraîne hors de la salle. Quand nous nous retrouvons dans un petit couloir tranquille, je me tourne vers lui.

— Qu'est-ce que tu fais là ? je réussis à dire. Je croyais que c'était fini, nous deux ! Dis-moi que je ne suis pas en train de rêver...

— Bien sûr que non, mon cœur, notre histoire n'est pas finie. Nous appartenons l'un à l'autre, personne ne pourra jamais nous séparer. Tout au long de cette année, j'ai cru que j'allais devenir fou sans toi. J'ai pensé à tout ce que nous avons vécu... et j'ai compris que je ne peux pas te laisser partir.

— Et ta peur d'une relation à distance ?

— Elle n'est rien à côté de celle de te perdre. Je m'en fous de savoir où ça nous mènera, je veux essayer, parce que je t'aime et que je ne peux pas vivre sans toi.

— Moi aussi je t'aime, Cam, dis-je tout contre ses lèvres.

On a vécu tant de choses, alors que nous étions deux adolescents qui voulaient juste être ensemble, et les épreuves ont rendu notre amour indestructible.

Je ne sais pas ce qui arrivera dans l'avenir, je ne sais pas combien de temps durera notre relation ; la seule chose qui compte, c'est que Cam soit là avec moi maintenant, rendant ma vie parfaite.

FIN

Ouvrage composé par
PCA – 44400 REZÉ

Imprimé en France
par Normandie Roto Impression s.a.s.
61250 Lonrai
N° d'impression : 1705774

MIXTE
Papier issu de
sources responsables
FSC® C003309

Pocket Jeunesse, une marque d'Univers Poche,
est un éditeur qui s'engage pour
la préservation de son environnement
et qui utilise du papier fabriqué à partir
de bois provenant de forêts gérées
de manière responsable.

www.pocketjeunesse.fr
PKJ • POCKET JEUNESSE

12, avenue d'Italie – 75627 PARIS Cedex 13